CASA VELHA

Machado de Assis

CASA VELHA

Apresentação e notas

Paulo Franchetti

EDITORA UNICAMP

FICHA CATALOGRÁFICA ELABORADA PELO
SISTEMA DE BIBLIOTECAS DA UNICAMP
DIVISÃO DE TRATAMENTO DA INFORMAÇÃO
Bibliotecária: Maria Lúcia Nery Dutra de Castro – CRB-8ª / 1724

As76c Assis, Machado de, 1839-1908.
Casa Velha / Machado de Assis; apresentação e notas Paulo Franchetti. – Campinas, SP : Editora da Unicamp, 2023.

1. Ficção brasileira. I. Franchetti, Paulo. II. Título.

ISBN 978-85-268-1598-8 CDD - 869.341

Foi feito o depósito legal.

Direitos reservados a

Editora da Unicamp
Rua Sérgio Buarque de Holanda, 421 – 3º andar
Campus Unicamp
CEP 13083-859 – Campinas – SP – Brasil
Tel./Fax: (19) 3521-7718 / 7728
www.editoraunicamp.com.br – vendas@editora.unicamp.br

SUMÁRIO

APRESENTAÇÃO

Paulo Franchetti

Casa Velha foi publicada de modo seriado, em 25 partes, na revista *A Estação*, entre janeiro de 1885 e fevereiro de 1886.

O lugar

A Estação, que trazia como subtítulo "Jornal ilustrado para a família", foi, a princípio, um suplemento em português da revista francesa *La Saison*. Em virtude da sua larga aceitação, a partir de 1879 passou a ser impressa em português, como revista, e destinada majoritariamente ao público feminino, trazendo às brasileiras os figurinos e as notícias da moda europeia. De entremeio, vinham poemas, bem como contos e romances em folhetins (isto é, em capítulos ou partes avulsas).

Hoje, com a informatização, é fácil ter acesso à publicação original no endereço que se pode aces-

EDIÇÃO PARA O BRAZIL

A ESTAÇÃO

JORNAL ILLUSTRADO PARA A FAMILIA

Nº 2 — 30 de Janeiro de 1885 — XIVº Anno

PREÇO DA ASSIGNATURA BRAZIL:	EDITORES-PROPRIETARIOS: LOMBAERTS & COMP.	PREÇO DA ASSIGNATURA BRAZIL:
CORTE, um anno ... 12$000	Agencia Geral para Portugal:	CORTE, um anno ... 12$000
PROVINCIAS, um anno ... 14$000	Livraria ERNESTO CHARDRON—Porto	PROVINCIAS, um anno ... 14$000

CHRONICA DA MODA.

Lia eu ultimamente que durante a época mais brilhante do reinado de Luiz XIV, rei de França, um dos medicos de maior vulto tinha receitado, ás suas clientes que frequentavam todas as festas e saráus da côrte, exercicios violentos do corpo para restabelecer a circulação do sangue e desenvolver a força physica, destruida pelos excessos diarios.

Na nossa época, esses exercicios inteiramente materiaes foram substituidos pela gymnastica, pela equitação e pela esgrima, todas egualmente salutares para a saude, ...

sar por este código. Vale a pena fazer uma visita, ainda que as cores dos figurinos se tenham perdido na digitalização, para melhor compreender a época e as circunstâncias de publicação da obra que estamos comentando.

Uma primeira observação que é possível fazer a partir da consulta aos arquivos da revista é que quando Machado se dirige, no interior de seus textos, à "leitora", embora o uso possa ser irônico, é ainda uma referência precisa ao público preferencial daquele tipo de publicação. Outra observação é que, dado o lugar em que o texto vem, o cuidado no tratamento dos temas mais sensíveis ao público familiar e feminino do Brasil do século XIX era uma imposição prática.

O público

Creio que é possível supor que a crítica virulenta que Machado fez ao romance de Eça de Queirós *O Primo Basílio*, em 1878, traz implicadas a eleição e a manutenção de um contingente leitor importante para a sobrevivência do escritor e para, no limite, a constituição da literatura brasileira.

A maior parte dos estudiosos que trataram dessa crítica a Eça e ao "Realismo" agarra-se à condenação da objetividade naturalista, deixando na sombra uma parte dos argumentos de Machado: a que procede de uma postura conservadora.

A questão da falta de complexidade psicológica das personagens de *O Primo Basílio* é talvez a mais importante no seu texto, mas para concordar com Machado nesse ponto não é preciso fazer de conta que a sua crítica não erga, contra o erotismo acentuado do romance de Eça, argumentos moralistas, em nome do papel desejável que a literatura deveria ter na vida social. Por exemplo, nesta passagem:

> Se eu tivesse de julgar o livro pelo lado da influência moral, diria que, qualquer que seja o ensinamento, se algum tem, qualquer que seja a extensão da catástrofe, uma e outra coisa são inteiramente destruídas pela viva pintura dos fatos viciosos: essa pintura, esse aroma de alcova, essa descrição minuciosa, quase técnica, das relações adúlteras, eis o mal. A castidade inadvertida que ler o livro chegará à última página, sem fechá-lo, e tornará atrás para reler outras.

Não me parece exagero ver nessa "castidade inadvertida" a figura de uma parcela significativa do público previsto de revistas como *A Estação*. Nem na aposta na influência moral e no ensinamento uma perspectiva ilustrada, que não se sustenta quando aplicada às obras posteriores do próprio Machado.

Outro dado a considerar: o texto da crítica a *O Primo Basílio* foi publicado em duas partes. Entre uma e outra, defensores do "Realismo" saíram em defesa do romancista português. Um deles, justamente ressaltando o moralismo machadiano, apresenta como antecedente ilustre de Eça o livro bíblico do *Cântico dos Cânticos*. Machado, na segunda parte do seu texto, não se dá por vencido e responde desta forma:

> Sobre a linguagem, alusões, episódios, e outras partes do livro, notadas por mim, como menos próprias do decoro literário, um dos contendores confessa que os acha excessivos, e podiam ser eliminados, ao passo que outro os aceita e justifica, citando em defesa o exemplo de Salomão na poesia do *Cântico dos Cânticos* [...]. Ou recebeis o livro, como deve fazer um católico, isto é, em seu sentido místico e superior, e em tal caso não podeis chamar-lhe erótico; ou só o recebeis no sentido literário, e então nem é poesia, nem é de Salomão; é drama e de autor anônimo. Ainda, porém, que o aceiteis como um simples produto literário, o exemplo não serve de nada.

Para entender o lugar de onde fala Machado de Assis nesse texto, é preciso lembrar o que o autor tinha publicado até então.

O primeiro Machado de Assis

No momento em que recusa tão convictamente o "Realismo", Machado tinha produzido os seguintes romances: *Ressurreição* (1872), *A mão e a luva* (1874), *Helena* (1876) e *Iaiá Garcia* (1878), o último dos quais estava sendo lançado quando *O Primo Basílio* chegou ao Brasil.

Independentemente da avaliação da qualidade literária desses títulos, está claro que até esse momento Machado vinha construindo uma obra dentro das balizas da literatura de extração romântica. E, de fato, ao mesmo tempo que recusa a "escola" a que se filia Eça, que praticaria uma arte impura, expõe o veio que julga o melhor, mais edificante e mais rico esteticamente.

Seu argumento se constrói sobre a necessidade de temperança, de equilíbrio. O mal do romance e da atitude de Eça não estaria em ser "realista", mas sim no fato de que "Eça de Queirós não quer ser realista mitigado, mas intenso e completo".

Essa adesão aos princípios da nova escola, por fim, não lhe parece tão ruim, porque se o autor de o "Primo Basílio" teimar em persistir nesse caminho,

> [...] o Realismo na nossa língua será estrangulado no berço; e a arte pura, apropriando-se do que ele contiver aproveitável (porque o há, quando se não despenha no excessivo, no tedioso, no obsceno, e até no

> ridículo), a arte pura, digo eu, voltará a beber aquelas águas sadias, d'*O Monge de Cister*, d'*O Arco de Sant' Ana* e d'*O Guarani*.

Não creio ser preciso apontar para o duplo sentido do adjetivo "pura" (enfatizado pela repetição) com que qualifica a arte, reforçado pela oposição entre as águas insalubres do "Realismo" e as sadias do Romantismo. Mas vale a pena destacar a ideia de que seria possível aproveitar algo da nova escola para continuar a boa tradição. Ou seja, o mais nocivo no "Realismo" é o seu caráter disruptivo. E aqui, neste momento, vemos um ponto em comum entre Machado e o velho Antonio Feliciano de Castilho, que ele, em 1875, tinha louvado como "o poeta egrégio, o mestre da língua, o príncipe da forma", autor de "tantas páginas de eterna beleza", cuja "imensa obra" lhe garantia a imortalidade. Do meu ponto de vista, não seria exagero dizer que, para o Machado de 1878, como para o Castilho de 1870 (quando da famosa Questão Coimbrã), faltariam à escola nova bom senso (pois Eça insistiria no excessivo e no ridículo) e bom gosto (por conta do abuso das descrições minuciosas e, principalmente, pela exploração do tal aroma de alcova).

O artigo de Machado, publicado num periódico católico, revela o impacto que foi o sucesso avassalador de *O Primo Basílio* junto ao público brasileiro e o alvoroço da crítica que ele provocou. Tudo sugere que, por conta disso, Machado foi levado a reavaliar o rumo da sua própria ficção, que se vinha construindo numa linha que podemos denominar propriamente como romântica, como mostra o trecho em que aponta a origem do veio que ele julgava continuar. Ou, para usar o termo de sua crítica, como obras de "realismo mitigado".

A situação da obra

De fato, data precisamente de 1878 um episódio bem conhecido na vida de Machado: ele vive então uma crise de saúde (que tendo a ver também como crise literária), recolhe-se a Nova Friburgo e lá teria ditado à mulher as *Memórias Póstumas de Brás Cubas*, em que o adultério é tratado como caso banal, principalmente porque encarado e narrado a partir de um ponto de vista masculino, por um cínico morto meio canalha, sem sombra do que Machado reclamava de Eça, ou seja, uma "forte acentuação moral".

A partir desse momento, afirma-se aquilo que usualmente se define como a maneira, o modo particular de compor que reconhecemos como próprio e distintivo de Machado e que recobrimos com a designação convencional de "segunda fase". Entre outras características fortes, a partir daí, podemos referir a ironia, o "humour", a reflexão sobre a narrativa e a escrita, a interpelação do destinatário, a notação acurada das oscilações psicológicas, a convocação de muitas referências culturais (nem sempre exatas ou fiéis), a perspectiva desencantada com o indivíduo e a sociedade.

Uma questão que tem suscitado alguma discussão no que diz respeito a *Casa Velha* é o seu pertencimento a uma ou outra dessas fases. Na verdade, não nesses termos. O que se discute é se essa novela foi escrita em momento próximo à sua publicação ou se foi escrita muito antes de publicada.

Uma grande estudiosa da obra machadiana, Lúcia Miguel-Pereira, que descobriu *Casa Velha* em *A Estação* e a publicou em volume pela primeira vez em 1944, julgava que se tratava de texto antigo, que foi inserido na revista para cumprir compromisso, isto é, garantir a continuidade do pagamento por colaborações. Um dos argumentos em apoio a essa postulação seria o fato de Machado nunca ter recolhido essa obra em livro nem ter feito posterior menção a ela. Motivo pelo qual ficou esquecida e permaneceu desconhecida do público por mais de meio século após a sua publicação.

Mas é na própria estrutura e forma de organização do texto que Miguel-Pereira identifica o deslocamento. Embora publicada em 1885, diz ela, a novela é animada por "uma visão de mundo que já não era então a do seu autor". Por fim, ela repara que, como nos romances da primeira fase, *Casa Velha* manifesta um desígnio edificante. De fato, esse desígnio é claro e está sumarizado na frase com que se encerra a narrativa, postulando a exemplaridade dos protagonistas: "Se ele e Lalau foram felizes, não sei; mas foram honestos, e basta".

Por fim, a crítica anota que

> [...] são os temas antigos que formam a estrutura de *Casa Velha*. Lalau, a heroína, é irmã de duas Helenas, a do livro deste mesmo nome e a do conto "Frei Simão", da Guiomar de *A mão e a luva*, da Estela de *Iaiá Garcia*, de todas as donzelas que lutaram ao mesmo tempo pelo amor e pela ascensão social.

Já John Gledson, que revalorizou *Casa Velha* e lhe atribuiu um estatuto semelhante ao do elo perdido em arqueologia, acredita que essa novela foi escrita em momento próximo à sua publicação e que ela tem um lugar programático na obra madura machadiana.

Para ele, o conjunto dos romances da segunda fase foi composto de tal forma que o período da história brasileira compreendido entre 1805 e 1889 ficasse todo representado por duplas de romances. É um pressuposto óbvio dessa visada que existe em

Machado um projeto (consciente ou inconsciente, modaliza o crítico inglês) de interpretação da sociedade brasileira.

Da sua perspectiva, *Memórias Póstumas de Brás Cubas* (1880) e *Casa Velha* (1885) constituem o primeiro bloco: ambos estariam centrados no momento caracterizado por "uma oligarquia segura de si, baseada na escravidão". A seguir vem a dupla *Quincas Borba* (1891) e *Dom Casmurro* (1899), que aborda o período de crise do sistema escravista e ascensão de uma nova classe média. Por fim, o terceiro bloco é composto por *Esaú e Jacó* (1904) e *Memorial de Aires* (1908), romances que mostrariam "a impossibilidade de uma transformação do Brasil em benefício do seu povo".

Esse "projeto" machadiano de composição por duplas reforçaria a aposta de Gledson em que *Casa Velha* integrasse a chamada "segunda fase", porque cada uma dessas duplas teria vindo a público numa mesma década, como disposto acima: *Casa Velha* e *Memórias Póstumas* na de 1880; *Quincas Borba* e *Dom Casmurro* na década de 1890; e, finalmente, *Memorial* e *Esaú e Jacó* na primeira do século XX.

É uma proposta engenhosa, mas, se fosse assim e se fosse esse o projeto, por que motivo Machado deixou *Casa Velha* soterrada nas páginas da revista? Por que não a publicou com as honras que lhe seriam devidas em forma de livro?

Gledson parece ver no fato de que se trataria de uma narrativa em primeira pessoa outro ponto que lhe permitiria embasar sua recusa à posição de Miguel-Pereira e situar a composição de *Casa Velha* em data próxima à das publicações que constituiriam o tal "projeto". Mas não é um argumento forte.

Os romances de maturidade de Machado são os cinco acima relacionados. Em primeira pessoa, temos as *Memórias*, o *Dom Casmurro* e o *Memorial*. *Quincas Borba* é narrado em terceira pessoa, por narrador não representado e onisciente, e na técnica e na forma de conduzir o enredo parece uma tentativa de retomar o fio de evolução de sua obra que fora interrompido pelas *Memórias* e por *Dom Casmurro*. Já *Esaú e Jacó* tem uma caracterização ambígua, pois tanto o narrador suposto é o próprio Aires, quanto o autor que se teria apropriado dos seus diários e anotações e os teria usado para compor uma narrativa em prosa contínua e em terceira pessoa.

O que é mais interessante, nesse conjunto, entretanto, são os narradores-autores, isto é, os narradores representados como autores dos seus livros (Bentinho, Brás Cubas e Aires). Dentre esses, merecem destaque os que nos são apresentados como autores durante o processo de escrita do que estamos lendo (Bentinho, que tematiza a escrita ao longo do romance, e Aires, cujas palavras são anotações em um diário). Não é, pois, característica desses romances a narrativa em primeira pessoa, simplesmente. Se há algo que de fato é notável é termos aí narradores-escritores (ou reescritores, no caso do ambíguo narrador de *Esaú e Jacó*).

A configuração da obra

De mais a mais, a rigor é inexato dizer que *Casa Velha* é uma novela ou um conto em primeira pessoa. Temos ali um narrador que abre a narrativa e que, com uma simples frase, apresenta o segundo narrador e lhe passa definitivamente a palavra. Há mesmo nisso alguma singularidade, pois a narrativa não é uma narrativa "pura" em primeira pessoa, como se dá, por exemplo, no conto "Missa do Galo", no qual uma voz narrativa simplesmente inicia e termina a narração sem nenhuma qualificação prévia, sem se dirigir a qualquer indivíduo em particular. Também não é um relato dirigido a quem ficaria encarregado de o transcrever, como é o caso de "O enfermeiro". Não se configura tampouco como narrativa em primeira pessoa feita por narrador representado, em interação com outras personagens, como encontramos, por exemplo, nos contos "Adão e Eva" e "O espelho". *Casa Velha* é um relato escrito, estruturado em capítulos, mas que é apresentado, pela voz que inaugura a narrativa, como algo "contado": "Aqui está o que contava, há muitos anos, um velho cônego da Capela Imperial".

De minha parte, quanto à época de escrita do texto, estou com Lúcia Miguel-Pereira: creio que foi produzido bem antes de sua publicação. Ou, pelo menos, quando a segunda maneira de Machado de Assis ainda não se tinha definido.

Examinando a publicação na revista *A Estação* parece claro que o corte do texto em capítulos não é, por assim dizer, funcional. Explico: quando lemos, no mesmo periódico, "O Alienista", vemos que o modelo seguido é o do folhetim: cada fascículo (por assim dizer) coincide com um fim de capítulo, e cada capítulo de texto escrito para publicação seriada encerra com um "gancho", ou seja, encerra em suspensão, para fazer o leitor aguardar com curiosidade pelo próximo desenvolvimento.

No caso de "Casa Velha" não consegui perceber lógica nos cortes. Nem do ponto de vista da criação de suspense ou interesse, nem do ponto de vista da necessidade narrativa. Quero dizer: a mim parece que, de fato, Machado enviou, para cumprir compromisso com o editor, uma obra de outro tempo, não pensada para ser publicada naquele meio, e recortada de modo a cumprir o compromisso.

O interesse da novela, assim, situa-se em outro nível: podemos dizer, com Lúcia Miguel-Pereira, que é uma espécie de resumo, de retomada econômica, restrita ao essencial, das questões tratadas nos romances *Helena* (de 1876) e *Iaiá Garcia* (de 1878), pois em ambos se trata da relação entre um homem rico e uma mulher pobre. No primeiro deles, inclusive, o tema do incesto – decisivo, pelas suas decorrências, em *Casa Velha* – também comparece como impedimento aventado a uma união socialmente indesejada.

O que é comum às três obras acima referidas é, portanto, a problemática relação entre a família patriarcal e seus agregados, isto é, pessoas livres que vivem na sua dependência, ou que, mesmo não sendo dependentes diretos, tampouco são proprietárias. Em todas, a força da discriminação social é testemunhada pela simples recusa da aliança entre classes diferentes, ou pelas artimanhas empregadas para impedi-las.

Se no romance romântico o amor pode surgir como uma força capaz de ultrapassar os limites de classe, o que a literatura de Machado mostra – se a quisermos ler nessa clave – é que na sociedade brasileira baseada na escravidão isso era inviável. E mais ainda: quando por algum caminho um par amoroso vencia essas resistências, o resultado tendia a ser lastimável, como é o caso do casamento desigual em *Dom Casmurro*.

Em "Casa Velha", uma vez descoberta a verdade e desmentido o argumento contra a união dos amantes, cabe a Lalau a decisão final, ditada não pelo amor que tem pelo amado, mas pelo seu amor-próprio. E aqui tocamos num ponto interessante: nas novelas machadianas da primeira fase, aí incluindo *Casa Velha*, o amor-próprio das heroínas é o que mais se fixa na memória da leitura. É ele que lhes dá a dignidade possível numa sociedade desigual e estratificada, que as torna admiráveis.

É possível pensar que, ao representar mulheres de condição social inferior lutando contra os preconceitos, dotadas de força moral, mas condenadas à impotência diante do poderoso edifício do preconceito e da barreira de classe, Machado estivesse tratando, habilmente projetada em figuras femininas, da sua própria inserção social. Lúcia Miguel-Pereira, por exemplo, afirma-o claramente: ao falar das heroínas dos romances da primeira fase do escritor, e nelas incluir Lalau, anota que ela é uma representante de "todas as mulheres em cuja pele o romancista se meteu para discutir os próprios problemas".

Seja como for, a partir de *Memórias Póstumas de Brás Cubas* não é possível propor esse tipo de projeção do escritor sobre suas personagens principais, já que o narrador e suposto autor desse livro, assim como o narrador e suposto autor de *Dom Casmurro*, é proprietário cioso da sua situação de classe. Ou seja, há uma completa inversão da perspectiva: enquanto nos primeiros romances o narrador onisciente descrevia os embates sociais e a impotência do amor como superação das barreiras de classe, agora o ponto de vista é o do proprietário e a crítica se dá pela exibição – por assim dizer "por dentro" – dos preconceitos e privilégios de classe.

Em *Quincas Borba*, embora a narração seja em terceira pessoa onisciente, já não há nenhuma personagem de inteireza moral semelhante às heroínas dos primeiros livros, nem o foco narrativo se concentra em personagem em condição subalterna na sociedade. Em *Esaú e Jacó* e em *Memorial de Aires* tampouco. A problemática central e a forma de sua abordagem na primeira fase do romance machadiano não têm lugar na segunda.

Considerações finais

Ao defender sua tese de que *Casa Velha* foi escrita ao mesmo tempo que os grandes romances machadianos, John Gledson observa uma série de semelhanças entre o que vem nessa novela e em *Dom Casmurro*. Por exemplo, ele anota que Bentinho e o padre planejam escrever um trabalho histórico e terminam por escrever suas memórias. E ainda:

> O personagem Tio Raimundo, em *Casa Velha* "é" Tio Cosme, em *Dom Casmurro* [...] mesmo os nomes de ambos os personagens estão ligados (mundo = cosme). Dona Antônia, com sua associação com o "Dia da Glória", torna-se Dona Glória. O padre, que associamos com São José, torna-se José Dias; Felix, Bento (feliz, abençoado); e Lalau e Capitu são ambos apelidos de nomes vinculados com a antiga Roma (Cláudia e Capitolina).

Não creio que essas correspondências sejam significativas. É preciso algum esforço para fazer equivaler, por exemplo, o padre narrador ao agregado José Dias, por meio da convocação de um santo; assim como para ligar o nome do santo protetor do bom parto, São Raimundo Nonato, a São Cosme, apenas porque o primeiro rima com mundo, e o segundo remete a "cosmo".

Mas, ainda que fossem significativas, o que demonstrariam? Que Machado escreveu uma novela centrada na mesma problemática de seus primeiros romances e depois a abandonou, quando encontrou a maneira mais adequada de representar o problema do casamento desigual na sociedade escravocrata brasileira? Isso, se fosse assim, poderia explicar por que o autor não a retomou nem a publicou em livro. E isso seria, na verdade, um argumento contra a tese de que *Casa Velha* preenche uma casa na matriz organizada por Gledson para representar o "projeto" de análise da sociedade brasileira por Machado de Assis.

Assim, talvez o melhor lugar a oferecer a *Casa Velha* seja o de um coroamento, em forma de resumo, das questões que Machado tanto debateu consigo mesmo, na linha de construção de um romance brasileiro, antes da crise de 1878, da qual emergiu outro, tanto no enfoque da narrativa quanto na forma de narrar.

Quanto às características principais da obra, vale destacar dois pontos.

Do primeiro já tratamos, que é o amor-próprio como defesa (e resignação) perante as barreiras sociais. Lalau é uma boa heroína romântica: é alegre, ingênua, piedosa, amiga dos animais e dos escravos, gentil e amorosa com toda a gente. Mas quando sobre ela se abate seja a notícia falsa da sua filiação, seja a notícia verdadeira sobre a relação de sua mãe com o pai do seu amado, rapidamente se transforma: passa a agir pautada pela noção de honra, endurece-se, amadurece muito rapidamente, e em nome da memória ultrajada da mãe recusa o caminho indicado pelo coração.

O segundo deles é a configuração do narrador. Sendo um relato em primeira pessoa, quem conta a história tem seu conhecimento limitado à sua perspectiva. Uma qualidade dessa forma de organização e apresentação do texto é justamente a possibilidade de o leitor acompanhar o ganho de conhecimento do narrador, pois, como ele está redigindo suas memórias, vai contando os fatos na ordem em que ocorreram, e o leitor vai ampliando seu leque de visão junto com as suas observações e descobertas. O jogo das hipóteses sobre o que está sendo narrado cria envolvimento e garante o interesse na narrativa. Ao mesmo tempo, o leitor vai podendo julgar o acerto das deduções do narrador e, inclusive, a sua participação ativa no enredo, pois o padre não é um mero observador. Pelo contrário, ele contribui decisivamente, como agente e como cúmplice, para o desenlace da história.

Não é, entretanto, um narrador muito complexo, como serão, alguns anos depois, o Conselheiro Aires e Bentinho. Ao leitor não resta dúvida sobre o envolvimento emocional do padre, uma vez que ele mesmo o confessa:

> Já se terá entendido a realidade. Também eu amava a menina. Como era padre, e nada me fazia pensar

> em semelhante coisa, o amor insinuou-se-me no coração, à maneira das cobras, e só lhe senti a presença pela dentada do ciúme.

Nessa confissão reside um dos traços que, do meu ponto de vista, tornam *Casa Velha* uma obra mais acessível, mais transparente, como são as da primeira maneira do autor. Se fosse apenas sugerida e subentendida a paixão do narrador, caberia ao leitor adivinhá-la ou ao menos supô-la, e a partir disso avaliar o papel que o padre desempenha como auxiliar de D. Antônia na trama para impedir o casamento de Lalau e Félix. Uma vez explicitado o sentimento – e ainda não no fim, mas no meio do relato –, tudo fica ao mesmo tempo mais claro, mais unívoco, menos desafiador porque mais restrito o leque das possibilidades de interpretação.

Referências bibliográficas

GLEDSON, John. *Machado de Assis: ficção e história.* Rio de Janeiro, Paz e Terra, 1986.

MACHADO DE ASSIS. "O Visconde de Castilho". Texto publicado em 4 de julho de 1875. Disponível em <http://machado.mec.gov.br/obra-completa-lista/item/69-o-visconde-de-castilho>.

MACHADO DE ASSIS. *Casa Velha; Uma por outra.* Introdução de Lúcia Miguel-Pereira. São Paulo, Livraria Martins, 1944.

____. *Casa Velha.* Introdução de Lúcia Miguel-Pereira. São Paulo, Clube do Livro, 1952.

CASA VELHA

CAPÍTULO I

ANTES E DEPOIS DA MISSA

Aqui está o que contava, há muitos anos, um velho cônego da Capela Imperial:

– Não desejo ao meu maior inimigo o que me aconteceu no mês de abril de 1839. Tinha-me dado na cabeça escrever uma obra política, a história do reinado de D. Pedro I. Até então esperdiçara algum talento em décimas e sonetos, muitos artigos de periódicos, e alguns sermões, que cedia a outros, depois que reconheci que não tinha os dons indispensáveis ao púlpito. No mês de agosto de 1838 li as *Memórias* que outro padre, Luís Gonçalves dos Santos, o Padre Perereca chamado, escreveu do tempo do rei, e foi esse livro que me meteu em brios. Achei-o seguramente medíocre, e quis mostrar que um membro da igreja brasileira podia fazer coisa melhor.

Comecei logo a recolher os materiais necessários, jornais, debates, documentos públicos, e a tomar notas de toda a parte e de tudo. No meado de fevereiro, disseram-me, que, em certa casa da cidade, acharia, além de livros, que poderia consultar, muitos papéis manuscritos, alguns reservados, naturalmente importantes, porque o dono da casa, falecido desde muitos anos, havia sido ministro de Estado. Compreende-se que esta notícia me aguçasse a curiosidade. A casa, que tinha capela para uso da família e dos moradores próximos, tinha também um padre contratado para dizer missa aos domingos, e confessar pela quaresma: era o Rev. Mascarenhas. Fui ter com ele para que me alcançasse da viúva a permissão de ver os papéis.

– Não sei se lhe consentirá isso, disse-me ele; mas vou ver.

– Por que não há de consentir? É claro que não me utilizarei senão do que for possível, e com autorização dela.

– Pois sim, mas é que livros e papéis estão lá em grande respeito. Não se mexe em nada que foi do marido, por uma espécie de veneração, que a boa senhora conserva sempre e conservará. Mas enfim vou ver, e far-se-á o que for possível.

Mascarenhas trouxe-me a resposta dez dias depois. A viúva começou recusando; mas o padre instou, expôs o que era, disse-lhe que nada perdia do devido respeito à memória do marido consentindo que alguém folheasse uma parte da biblioteca e do arquivo, uma parte apenas; e afinal conseguiu, depois de longa resistência, que me apresentasse lá. Não me demorei muito em usar do favor; e no domingo próximo acompanhei o Padre Mascarenhas.

A casa, cujo lugar e direção não é preciso dizer, tinha entre o povo o nome de Casa Velha, e era-o realmente: datava dos fins do outro século. Era uma edificação sólida e vasta, gosto severo, nua de adornos. Eu, desde criança, conhecia-lhe a parte exterior, a grande varanda da frente, os dois portões enormes, um especial às pessoas da família e às visitas, e outro destinado ao serviço, às cargas que iam e vinham, às seges, ao gado que saía a pastar. Além dessas duas entradas, havia, do lado oposto, onde ficava a capela, um caminho que dava acesso às pessoas da vizinhança, que ali iam ouvir missa aos domingos, ou rezar a ladainha aos sábados.

Foi por esse caminho que chegamos a casa, às sete horas e poucos minutos. Entramos na capela, após um raio de sol, que brincava no azulejo da parede interior onde estavam representados vários passos da Escritura. A capela era pequena, mas muito bem tratada. Ao rés do chão, à esquerda, perto do altar, uma tribuna servia privativamente à dona da casa, e às senhoras da família ou hóspedas, que entravam pelo interior; os homens, os fâmulos e vizinhos ocupavam o corpo da igreja. Foi o que me disse o Padre Mascarenhas explicando tudo. Chamou-me a atenção para os castiçais de prata, para as toalhas finas e alvíssimas, para o chão em que não havia uma palha.

– Todos os paramentos são assim, concluiu ele. E este confessionário? Pequeno, mas um primor.

Não havia coro nem órgão. Já disse que a capela era pequena; em certos dias, a concorrência à missa era tal que até na soleira da porta vinham ajoelhar-se fiéis. Mascarenhas fez-me notar à esquerda da capela o lugar em que estava sepultado o ex-ministro. Tinha-o conhecido, pouco antes de 1831, e contou-me algumas particularidades interessantes; falou-me também da piedade e da saudade da viúva, da veneração em que tinha a memória dele, das relíquias que guardava, das alusões frequentes na conversação.

– Lá verá na biblioteca o retrato dele, disse-me.

Começaram a entrar na igreja algumas pessoas da vizinhança, em geral pobres, de todas as idades e cores. Dos homens alguns, depois de persignados e rezados, saíam, outra vez, para esperar fora, conversando, a hora da missa. Vinham também escravos da casa. Um destes era o próprio sacristão; tinha a seu cargo, não só a guarda e o asseio da capela, mas também ajudava a missa, e, salvo a prosódia latina, com muita perfeição. Fomos achá-lo diante de uma grande cômoda de jacarandá antigo, com argolas de prata nos gavetões, concluindo os arranjos preparatórios. Na sacristia, entrou logo depois um moço de vinte anos mais ou menos, simpático, fisionomia meiga e franca, a quem o Padre Mascarenhas me apresentou; era o filho da dona da casa, Félix.

– Já sei, disse ele sorrindo, mamãe me falou de V. Revma. Vem ver o arquivo de papai?

Confiei-lhe rapidamente a minha ideia, e ele ouviu-me com interesse. Enquanto falávamos vieram outros homens de dentro, um sobrinho da dona da casa, Eduardo, também de vinte anos, um velho parente, Coronel Raimundo, e uns dois ou três hóspedes. Félix apresentou-me a todos, e, durante alguns minutos, fui naturalmente objeto de grande curiosidade. Mascarenhas, paramentado e de pé, com o cotovelo na borda da cômoda, ia dizendo alguma coisa, pouca; ouvia mais do que falava, com um sorriso antecipado nos lábios, voltando a cabeça a miúdo para um ou outro. Félix tratava-o com benevolência e até deferência; pareceu-me inteligente, lhano e modesto. Os outros apenas faziam coro. O coronel não fazia nada mais que confessar que tinha fome; acordara cedo e não tomara café.

– Parece que são horas, disse Félix; e, depois de ir à porta da capela: – Mamãe já está na tribuna. Vamos?

Fomos. Na tribuna estavam quatro senhoras, duas idosas e duas moças. Cumprimentei-as de

31 DE JANEIRO DE 1885 — A ESTAÇÃO — XIV ANNO, N. 2 — 7

LITTERATURA

CASA VELHA

I

(Continuação)

A verdade é que me sentia tolhido. Casa, habitos, pessoas davam-me ares de outro tempo, exhalavam um cheiro de vida classica. Não era raro o uso de capella particular; o que me pareceu unico foi a disposição daquella, a tribuna de familia, a sepultura do chefe, alli mesmo, ao pé dos seus, fazendo lembrar as primitivas sociedades em que floresceu a religião domestica e o culto privado dos mortos. Logo que as senhoras sahiram da tribuna, por uma porta interior, voltámos á sacristia, onde o padre Mascarenhas esperava com o coronel e os outros. Da porta da sacristia, passando por um saguão, descemos dous degrãos para um pateo, vasto, calçado de cantaria, com uma cisterna no meio. De um lado e outro corria um avarandado, ficando á esquerda alguns quartos, e á direita a cosinha e a copa. Pretas e moleques espiavam-me, curiosos, e creio que sem espanto, porque naturalmente a minha visita era desde alguns dias a preoccupação de todos. Com effeito, a casa era uma especie de villa ou fazenda, onde os dias, ao contrario de um rifão peregrino, pareciam-se uns com os outros; as pessoas eram as mesmas, nada quebrava a uniformidade das cousas, tudo quieto e patriarchal.

D. Antonia governava esse pequeno mundo com muita discrição, brandura e justiça. Nascêra dona de casa; no proprio tempo em que a vida politica do marido, e a entrada deste nos conselhos de Pedro I podiam tiral-a do recesso e da obscuridade, só a custo e raramente os deixou. Assim é que, em todo o ministerio do marido, apenas duas vezes foi ao paço. Era filha de Minas Geraes, mas foi criada no Rio de Janeiro, naquella mesma Casa Velha, onde casou, onde perdeu o marido e onde lhe nasceram os filhos, — Felix, e uma menina que morreu com tres annos. A casa fôra construida pelo avô, em 1780, voltando da Europa, d'onde trouxe idéas de solar e costumes fidalgos; e foi elle, a parece que tambem a filha, mãe de D. Antonia, quem deu a esta a pontasinha de orgulho, que se lhe podia notar, e quebrava a unidade da indole desta senhora, essencialmente chã. Inferi isso de algumas anecdotas que ella me contou de ambos, no tempo do rei. D. Antonia era antes baixa que alta, magra, muito bem composta, vestida com singelleza e austeridade; devia ter quarenta e seis a quarenta e oito annos.

Poucos minutos depois estavamos almoçando. O coronel, que affirmava rindo, ter um buraco de palmo no estomago, nem por isso comeu muito, e durante os primeiros minutos, não disse nada; olhava para mim, obliquamente, e, se dizia alguma cousa, era baixinho, ás duas moças, filhas d'elle; mas desaferrou-se para o fim, e não conversava mal. Felix, eu e o padre Mascarenhas fallavamos de politica, do ministerio e dos successos do sul. Notei desde logo, no filho do ministro, a qualidade de saber escutar, e de dissentir parecendo aceitar o conceito alheio, de tal modo que, ás vezes, a gente recebia a opinião devolvida por elle, e suppunha ser a mesma que emittira. Outra cousa que me chamou a attenção foi que a mãe, percebendo o prazer com que eu fallava ao filho, parecia encantada e orgulhosa. Comprehendi que ella herdára as naturaes esperanças do pae, e redobrei de attenção com o filho. Fil-o sem esforço: mas póde ser tambem que entrasse por alguma cousa, n'aquillo, a necessidade de captar toda a affeição da casa, por motivo do meu projecto.

Foi só depois do almoço que fallamos do projecto. Passámos á varanda, que communicava com a sala de jantar, e dava para um grande terreiro, era toda ladrilhada, e tinha o tecto sustentado por grossas columnas de cantaria. D. Antonia chamou-me, sentei-me ao pé della, com o padre Mascarenhas.

— Reverendissimo, a casa está ás suas ordens, disse-me ella. Fiz o que o Sr. padre Mascarenhas me pediu, e a muito custo, não porque o não julgue pessoa capaz, mas porque os livros e papeis de meu marido ninguem mexe nelles.

— Creia que agradeço muito...

— Póde agradecer, interrompeu ella sorrindo; não faria isto a outra pessoa. Precisa ver tudo?

— Não posso dizer se tudo; depois de um rapido exame, saberei mais ou menos o que preciso. E V. Ex. tambem hade ser um livro para mim, e o melhor livro, o mais intimo...

— Como?

— Espero que me conte algumas cousas, que hão de ter ficado escondidas. As historias fazem-se em parte com as noticias pessoaes. V. Ex., esposa de ministro...

D. Antonia deu de hombros.

— Ah! eu nunca entendi de politica; nunca me metti nessas cousas.

— Tudo póde ser politica, minha senhora; uma anecdota, um dito, qualquer cousa de nada, póde valer muito.

Foi neste ponto que ella me disse o que acima referi; vivia em casa, pouco sahia, e só foi ao paço duas vezes. Confessou até que da primeira vez teve muito medo, e só o perdeu por se lembrar a tempo de um dito do avô.

— Sahi de casa tremendo. Era dia de gala, ia trajada á côrte; pelas portinholas do coche via muita gente olhando, parada. Mas quando me lembrava que tinha de comprimentar o imperador e a imperatriz, confesso que o coração me batia muito. Ao descer do coche, o medo cresceu, e ainda mais quando subi as escadas do paço. De repente, lembrou-me um dito de meu avô. Meu avô, quando aqui chegou o rei, levou-me a ver as festas da cidade, e, como eu, ainda mocinha, impressionada, lhe dissesse que tinha medo de encarar o rei, se elle apparecesse na rua, olhou para mim, e disse com um modo muito serio que elle tinha ás vezes: «Menina, uma Quintanilha não treme nunca!» Foi o que fiz, lembrou-me que uma Quintanilha não tremia, e, sem tremer, comprimentei Suas Magestades.

Rimo-nos todos. Eu, pela minha parte, declarei que aceitava a explicação e não lhe pediria nada; e depois fallei de outras cousas. Parece que estava de veia, se não é que a conversação da viuva me metteu em brios. Veiu o filho, veiu o cunhado, vieram as moças, e posso affirmar que deixei a melhor impressão em todos; foi o que o padre Mascarenhas me confirmou, alguns dias depois, e foi o que notei por mim mesmo.

(Continúa)

MACHADO DE ASSIS.

longe, e, sem mais encará-las, percebi que tratavam de mim, falando umas às outras. Felizmente o padre entrou daí a três minutos, ajoelhamo-nos todos, e seguiu-se a missa que, por fortuna do coronel, foi engrolada. Quando acabou, Félix foi beijar a mão à mãe e à outra senhora idosa, tia dele; levou-me a apresentar-me ali mesmo a ambas. Não falamos do meu projeto; tão somente a dona da casa disse-me delicadamente:

– Está entendido que V. Revma. faz-nos a honra de almoçar conosco?

Inclinei-me afirmativamente. Não me lembrou sequer acrescentar que a honra era toda minha.

A verdade é que me sentia tolhido. Casa, hábitos, pessoas davam-me ares de outro tempo, exalavam um cheiro de vida clássica. Não era raro o uso da capela particular; o que me pareceu único foi a disposição daquela, a tribuna de família, a sepultura do chefe, ali mesmo, ao pé dos seus, fazendo lembrar as primitivas sociedades em que florescia a religião doméstica e o culto privado dos mortos. Logo que as senhoras saíram da tribuna, por uma porta interior, voltamos à sacristia, onde o Padre Mascarenhas esperava com o coronel e os outros. Da porta da sacristia, passando por um saguão, descemos dois degraus para um pátio, vasto, calçado de cantaria, com uma cisterna no meio. De um lado e outro corria um avarandado, ficando à esquerda alguns quartos, e à direita a cozinha e a copa. Pretas e moleques espiavam-me, curiosos, e creio que sem espanto, porque naturalmente a minha visita era desde alguns dias a preocupação de todos. Com efeito, a casa era uma espécie de vila ou fazenda, onde os dias, ao contrário de um rifão peregrino, pareciam-se uns com os outros; as pessoas eram as mesmas, nada quebrava a uniformidade das coisas, tudo quieto e patriarcal.

D. Antônia governava esse pequeno mundo com muita discrição, brandura e justiça. Nascera dona de casa; no próprio tempo em que a vida política do marido, e a entrada deste nos conselhos de Pedro I podiam tirá-la do recesso e da obscuridade, só a custo e raramente os deixou. Assim é que, em todo o ministério do marido, apenas duas vezes foi ao paço. Era filha de Minas Gerais, mas foi criada no Rio de Janeiro, naquela mesma Casa Velha, onde casou, onde perdeu o marido e onde lhe nasceram os filhos – Félix, e uma menina que morreu com três anos. A casa fora construída pelo avô, em 1780, voltando da Europa, donde trouxe ideias de solar e costumes fidalgos; e foi ele, e parece que também a filha, mãe de D. Antônia, quem deu a esta a pontazinha de orgulho, que se lhe podia notar, e quebrava a unidade da índole desta senhora, essencialmente chã. Inferi isso de algumas anedotas que ela me contou de ambos, no tempo do rei. D. Antônia era antes baixa que alta, magra, muito bem composta, vestida com singeleza e austeridade; devia ter quarenta e seis a quarenta e oito anos.

Poucos minutos depois estávamos almoçando. O coronel, que afirmava, rindo, ter um buraco de palmo no estômago, nem por isso comeu muito, e durante os primeiros minutos, não disse nada; olhava para mim, obliquamente, e, se dizia alguma coisa, era baixinho, às duas moças, filhas dele; mas desforrou-se para o fim, e não conversava mal. Félix, eu e o Padre Mascarenhas falávamos de política, do ministério e dos sucessos do Sul. Notei desde logo, no filho do ministro, a qualidade de saber escutar, e de dissentir parecendo aceitar o conceito alheio, de tal modo que, às vezes, a gente recebia a opinião devolvida por ele, e supunha ser a mesma que emitira. Outra coisa que me chamou a atenção foi que a mãe, percebendo o prazer com que eu falava ao filho, padecia encantada e orgulhosa. Compreendi que ela herdara as naturais esperanças do pai, e redobrei de atenção com o filho. Fi-lo sem esforço; mas pode ser também que entrasse por alguma coisa, naquilo, a necessidade de captar toda a afeição da casa, por motivo do meu projeto.

Foi só depois do almoço que falamos do projeto. Passamos à varanda, que comunicava com a sala de jantar, e dava para um grande terreiro; era toda ladrilhada, e tinha o teto sustentado por grossas colunas de cantaria. D. Antônia chamou-me, sentei-me ao pé dela, com o Padre Mascarenhas.

– Reverendíssimo, a casa está às suas ordens, disse-me ela. Fiz o que o Sr. Padre Mascarenhas me pediu, e a muito custo, não porque o não julgue pessoa capaz, mas porque os livros e papéis de meu marido ninguém mexe neles.

– Creia que agradeço muito...

– Pode agradecer, interrompeu ela sorrindo; não faria isto a outra pessoa. Precisa ver tudo?

– Não posso dizer se tudo; depois de um rápido exame, saberei mais ou menos o que preciso. E V. Ex.ª também há de ser um livro para mim, e o melhor livro, o mais íntimo...

– Como?

– Espero que me conte algumas coisas, que hão de ter ficado escondidas. As histórias fazem-se em parte com as notícias pessoais. V. Ex.ª, esposa de ministro...

D. Antônia deu de ombros.

– Ah! eu nunca entendi de política, nunca me meti nessas coisas.

– Tudo pode ser política, minha senhora; uma anedota, um dito, qualquer coisa de nada, pode valer muito.

Foi neste ponto que ela me disse o que acima referi; vivia em casa, pouco saía, e só foi ao paço duas vezes. Confessou até que da primeira vez teve muito medo, e só o perdeu por se lembrar a tempo de um dito do avô.

– Saí de casa tremendo. Era dia de gala, ia trajada à corte; pelas portinholas do coche via muita gente olhando, parada. Mas quando me lembrava que tinha de cumprimentar o imperador e a imperatriz, confesso que o coração me batia muito. Ao descer do coche, o medo cresceu, e ainda mais quando subi as escadas do paço. De repente, lembrou-me um dito de meu avô. Meu avô, quando aqui chegou o rei, levou-me a ver as festas da cidade, e, como eu, ainda mocinha, impressionada, lhe dissesse que tinha medo de encarar o rei, se ele aparecesse na rua, olhou para mim, e disse com um modo muito sério que ele tinha às vezes: "Menina, uma Quintanilha não treme nunca!". Foi o que fiz, lembrou-me que uma Quintanilha não tremia, e, sem tremer, cumprimentei Suas Majestades.

Rimo-nos todos. Eu, pela minha parte, declarei que aceitava a explicação e não lhe pediria nada; e depois falei de outras coisas. Parece que estava de veia, se não é que a conversação da viúva me meteu em brios. Veio o filho, veio o cunhado, vieram as moças, e posso afirmar que deixei a melhor impressão em todos; foi o que o Padre Mascarenhas me confirmou, alguns dias depois, e foi o que notei por mim mesmo.

CAPÍTULO II

Antes de me despedir deles, fui ver a biblioteca. Era uma vasta sala, dando para a chácara, por meio de seis janelas de grade de ferro, abertas de um só lado. Todo o lado oposto estava forrado de estantes, pejadas de livros. Estes eram, pela maior parte, antigos, e muitos in-fólio; livros de história, de política, de teologia, alguns de letras e filosofia, não raros em latim e italiano. Eu via-os, tirava e abria um ou outro, dizia alguma palavra, que o Félix, que ia comigo, ouvia com muito prazer, porque as minhas reflexões redundavam em elogio do pai, ao mesmo tempo que lhe davam de mim maior ideia. Esta ideia cresceu ainda, quando casualmente dei com os olhos na *Storia Fiorentina* de Varchi, edição de 1721. Confesso que nunca tinha lido esse livro, nem mesmo o li mais tarde; mas um padre italiano, que eu visitara no Hospício de Jerusalém, na antiga rua dos Barbonos, possuía a obra e falara-me da última página, que, em alguns exemplares faltava, e tratava do modo descomunalmente sacrílego e brutal com que um dos Farneses tratara o bispo de Fano.

– Será o exemplar truncado? disse eu.

– Truncado? repetiu Félix.

– Vamos ver, continuei eu, correndo ao fim. Não, cá está; é o cap. 16 do liv. XVI. Uma coisa indigna: *In quest'anno medesimo nacque un caso...* Não vale a pena ler; é imundo.

Pus o livro no lugar. Sem olhar para o Félix, senti-o subjugado. Não confesso este incidente, que me envergonha, senão porque, além da resolução de dizer tudo, importa explicar o poder que desde logo exerci naquela casa, e especialmente no espírito do moço. Creram-me naturalmente um sábio, tanto mais digno de admiração, quanto que contava apenas trinta e dois anos. A verdade é que era tão somente um homem lido e curioso. Entretanto, como era também discreto, deixei de manifestar um reparo que fiz comigo acerca da promiscuidade de coisas religiosas e incrédulas, alguns padres da Igreja não longe de Voltaire e Rousseau, e aqui não havia afetar nada, porque os conhecia, não integralmente, mas no principal que eles deixaram. Quanto à parte que imediatamente me interessava, achei muitas coisas, opúsculos, jornais, livros, relatórios, maços de papéis rotulados e postos por ordem, em pequenas estantes, e duas grandes caixas que o Félix me disse estarem cheias de manuscritos.

Havia ali dois retratos, um do finado ex-ministro, outro de Pedro I. Conquanto a luz não fosse boa, achei que o Félix parecia-se muito com o pai, descontada a idade, porque o retrato era de 1829, quando o ex-ministro tinha quarenta e quatro anos. A cabeça era altiva, o olhar inteligente, a boca voluptuosa; foi a impressão que me deixou o retrato. Félix não tinha, porém, a primeira nem a última expressão; a semelhança restringia-se à configuração do rosto, ao corte e viveza dos olhos.

– Aqui está tudo, disse-me Félix; aquela porta dá para uma saleta, onde poderá trabalhar, quando quiser, se não preferir aqui mesmo.

Já disse que saí de lá encantado, e que os deixei igualmente encantados comigo. Comecei os meus trabalhos de investigação três dias depois. Só então revelei a Monsenhor Queirós, meu velho mestre, o projeto que tinha de escrever uma história do Primeiro Reinado. E revelei-lhe com o único fim de lhe contar as impressões que trouxera da Casa Velha, e confiar as minhas esperanças de algum achado de valor político. Monsenhor Queirós abanou a cabeça, desconsolado. Era um bom filho da Igreja, que me fez o que sou, menos a tendência política, apesar de que no tempo em que ele floresceu muitos servidores da Igreja também o eram do

Estado. Não aprovou a ideia; mas não gastou tempo em tentar dissuadir-me. "Contanto, disse-me ele, que você não prejudique sua mãe, que é a Igreja. O Estado é um padrasto."

A meu cunhado e minha irmã, que sabiam do projeto, apenas contei o que se passara na Casa Velha; ficaram contentes, e minha irmã pediu-me que a levasse lá, alguma vez, para conhecer a casa e a família.

Na quarta-feira comecei a pesquisa. Vi então que era mais fácil projetá-la, pedi-la e obtê-la, que realmente executá-la. Quando me achei na biblioteca e no gabinete contíguo, com os livros e papéis à minha disposição, senti-me constrangido, sem saber por onde começasse. Não era uma casa pública, arquivo ou biblioteca, era um lugar onde, no que tocava a papéis e manuscritos, podia dar com alguma coisa privada e doméstica. Para melhor haver-me, pedi ao Félix que me auxiliasse, disse-lhe até com franqueza, a causa do meu acanhamento. Ele respondeu, polidamente, que tudo estava em boas mãos. Insistindo eu, consentiu em servir-me (palavras suas) de sacristão; pedia, porém, licença naquele dia porque tinha de sair; e, na seguinte semana, desde terça-feira até sábado, estaria na roça. Voltaria sábado à noite, e daí até o fim, estava às minhas ordens. Aceitei este convênio.

Ocupei os primeiros dias na leitura de gazetas e opúsculos. Conhecia alguns deles, outros não, e não eram estes os menos interessantes. Logo no dia seguinte, Félix acompanhou-me nesse trabalho, e daí em diante até seguir para a roça. Eu, em geral chegava às dez horas, conversava um pouco com a dona da casa, as sobrinhas e o coronel; o primo Eduardo retirara-se para S. Paulo. Falávamos das coisas do dia, e poucos minutos depois, nunca mais de meia hora, recolhia-me à biblioteca com o filho do ex-ministro. Às duas horas, em ponto, era o jantar. No primeiro dia recusei, mas a dona da casa declarou-me que era a condição do obséquio prestado. Ou jantaria com eles, ou retirava-me a licença. Tudo isso com tão boa cara que era impossível teimar na recusa. Jantava. Entre três e quatro horas descansava um pouco e depois continuava o trabalho até anoitecer.

Um dia, quando ainda o Félix estava na roça, D. Antônia foi ter comigo, com o pretexto de ver o meu trabalho, que lhe não interessava nada. Na véspera, ao jantar, disse-lhe que estimava muito ver as terras da Europa, especialmente França e Itália, e talvez ali fosse daí a meses. D. Antônia, entrando na biblioteca, logo depois de algumas palavras insignificantes, guiou a conversa para a viagem, e acabou pedindo que persuadisse o filho a ir comigo.

– Eu, minha senhora?

– Não se admire do pedido; eu já reparei, apesar do pouco tempo, que Vossa Reverendíssima e ele gostam muito um do outro, e sei que se lhe disser isso, com vontade, ele cede.

– Não creio que tenha mais força que sua mãe. Já lhe tem lembrado isso?

– Já, respondeu D. Antônia com uma entonação demorada que exprimia longas instâncias sem efeito.

E logo depois com um modo alegre:

– As mães como eu não podem com os filhos. O meu foi criado com muito amor e bastante fraqueza. Tenho-lhe pedido mais de uma vez: ele recusa sempre dizendo que não quer separar-se de mim. Mentira! A verdade é que ele não quer sair daqui. Não tem ambições, fez estudos incompletos, não lhe importa nada. Há uns parentes nossos em Portugal. Já lhe disse que fosse visitá-los, que eles desejavam vê-lo, e que fosse depois a Espanha e França e outros lugares. José Bonifácio lá esteve e contava coisas muito interessantes. Sabe o que ele me responde? Que tem medo do mar; ou então repete que não quer separar-se de mim.

– E não acha que esta segunda razão é a verdadeira?

D. Antônia olhou para o chão e disse com voz sumida:

– Pode ser.

– Se é a verdadeira, haveria um meio de conciliar tudo: era irem ambos, e eu com ambos, e para mim seria um imenso prazer.

– Eu?

– Pois então?

– Eu? Deixar esta casa? Vossa Reverendíssima está caçoando. Daqui para a cova. Não fui quando era moça, e agora que estou velha é que hei de meter-me em folias... Ele sim, que é rapaz, e precisa...

Tive uma suspeita súbita:

– Minha senhora, dar-se-á que ele padeça de alguma moléstia que...

– Não, não, graças a Deus! Digo que precisa, porque é rapaz, e meu avô dizia que, para ser homem completo, é preciso ver aquelas coisas por lá. É só por isso. Não, não tem moléstia nenhuma; é um rapaz forte.

Era impossível, ou, pelo menos, indelicado tentar obter a razão secreta deste pedido, se havia alguma, como me pareceu. Pus termo à conversação dizendo que ia convidar o rapaz. D. Antônia agradeceu-me, declarou que não me havia de arrepender do companheiro, e fez grandes elogios do filho. Quis falar de outras coisas; ela, porém, teimava no assunto da viagem, para familiarizar-nos com a ideia, e moralmente constranger-me a realizá-la. No dia seguinte voltou à biblioteca, mas com outro pretexto: veio mostrar-me uma boceta de rapé, que fora do marido, e que era, realmente, uma perfeição. Não tive dúvida em dizer-lhe isto mesmo, e ela acabou pedindo-me que a aceitasse como lembrança do finado. Aceitei-a constrangido; falamos ainda da viagem, duas palavras apenas, e fiquei só.

Não estava contente comigo. Tinha-me deixado resvalar a uma promessa inconsiderada, cuja execução parecia complicar-se de circunstâncias estranhas e obscuras, provavelmente sérias. As instâncias de D. Antônia, as razões dadas, as reticências, e finalmente aquele mimo, sem outro motivo mais que cativar-me e obrigar-me, tudo isso dava que cismar. Na noite desse dia fui à casa do Padre Mascarenhas para sondá-lo; perguntei-lhe se sabia alguma coisa do rapaz, se era peralta, se tinha irregularidades na vida. Mascarenhas não sabia nada.

– Até aqui suponho que é um modelo de sossego e seriedade, concluiu ele. Verdade seja que só vou lá aos domingos.

– Mas pelos domingos tiram-se os dias santos, repliquei rindo.

Félix voltou da roça dois dias depois, num sábado. No domingo não fui lá. Na segunda-feira, falei-lhe da viagem que ia fazer, e do desejo que tinha de o levar comigo; respondeu que seria para ele um grande prazer, se pudesse acompanhar-me, mas não podia. Teimei, pedi-lhe razões, falei com tal interesse, que ele, desconfiado, fitou-me os olhos, e disse:

– Foi mamãe que lhe pediu.

– Não digo que não; foi ela mesma. Tinha-lhe dito que tencionava ir à Europa, daqui a alguns meses, e ela então falou-me do senhor e das vezes que já lhe tem aconselhado uma viagem. Que admira?

Félix conservou os olhos espetados em mim, como se quisesse descer ao fundo da minha consciência. Ao cabo de alguns instantes respondeu secamente:

– Nada: não posso ir.

– Por quê?

Aqui teve ele um gesto quase imperceptível de orgulho molestado; achou naturalmente esquisita a curiosidade de um estranho. Mas, ou fosse da índole dele, ou do meu caráter sacerdotal, vi desaparecer-lhe logo esse pequeno assomo; Félix sorriu e confessou que não podia separar-se da mãe. Eu, a rigor, não devia dizer mais nada, e encerrar-me no exame dos papéis; mas a maldita curiosidade picava-me de esporas, e ainda repliquei alguma coisa; ponderei-lhe que o sentimento era digno e justo, mas que, tendo de viver com os homens, devia começar por ver os homens, e não restringir-se à vida simples e emparedada da família. Demais, o contato de outras civilizações necessariamente nos daria têmpera ao espírito. Escutou calado, mas sem atenção fixa, e quando acabei, declarou ultimando tudo:

– Bem, pode ser que me resolva; veremos. Não vai já? Então depois falaremos disto; pode ser... E o seu trabalho, está adiantado?

Não insisti, nem voltei ao assunto, apesar da mãe, que me falou algumas vezes dele. Pareceu-me que o melhor de tudo era acelerar a conclusão do trabalho, e despregar-me de uma intimidade que podia trazer complicações ou desgostos. As horas que então passei foram das melhores, regulares e tranquilas, ajustadas à minha índole quieta e eclesiástica. Chegava cedo, conversava alguns minutos, e recolhia-me à biblioteca até a hora do jantar, que não passava das duas. O café ia à grande varanda, que ficava entre a sala de jantar e o terreiro das casuarinas, assim chamado por ter um lindo renque dessas árvores, e eu retirava-me antes do pôr do sol. Félix ajudava-me grande parte do tempo. Tinha todas as horas livres, e quando não me ajudava é porque saíra a caçar, ou estava lendo, ou teria ido à cidade a passeio ou a negócio de casa.

Vai senão quando, um dia, estando só na biblioteca ouvi rumor do lado de fora. Era a princípio um chiar de carro de bois, de que não fiz caso, por já o ter ouvido de outras vezes; devia ser um dos dois carros que traziam da roça para a Casa Velha, uma ou duas vezes por mês, frutas e legumes. Mas logo depois ouvi outro rodar, que me pareceu de sege, vozes trocadas e como que um encontrão dos dois veículos. Fui à janela; era isso mesmo. Uma sege, que entrara depois do carro de bois, foi a este no momento em que ele, para lhe dar passagem, torcia o caminho; o boleeiro não pôde conter logo as bestas, nem o carro fugir a tempo, mas não houve outra consequência além da vozeria. Quando eu cheguei à janela já o carro acabava de passar, e a sege galgou logo os poucos passos que a separavam da porta que ficava justamente por baixo de minha janela. Entretanto, não foi tão pouco o tempo que eu não visse aparecer, entre as cortinas entreabertas da sege, a carinha alegre e ridente de uma moça que parecia mofar do perigo. Olhava, ria e falava para dentro da sege. Não lhe vi mais do que a cara, e um pouco do pescoço; mas daí a nada, parando a sege à porta, as duas cortinas de couro foram corridas para cada lado, e ela e outra desceram rapidamente, e entraram em casa. "Hão de ser visitas", pensei comigo.

Voltei para o trabalho; eram onze horas e meia. Perto de uma, entrou na biblioteca o filho de D. Antônia; vinha da praça, aonde fora cedo, para tratar de um negócio do tio coronel. Estava singularmente alegre, expansivo, fazendo-me perguntas e não atendendo, ou atendendo mal às respostas.

Não me lembraria disto agora, nem nunca mais, se não se tivesse ligado aos acontecimentos próximos, como veremos. A prova de que não dei então grande importância ao estado de espírito dele é que daí a pouco quase que não lhe respondia nada, e continuava a ver os papéis. Folheava justamente um maço de cópias relativas à Cisplatina, e preferia o silêncio a qualquer assunto de conversa. Félix demorou-se pouco, saiu, mas tornou antes das duas horas, e achou-me concluindo o trabalho do dia, para acudir ao jantar. Daí a pouco estávamos à mesa.

Era costume de D. Antônia vir para a mesa acompanhando a irmã (a senhora idosa que achei na tribuna da capela, no primeiro dia em que ali fui), e assim o fez agora, com a diferença que outra senhora a acompanhava também. Disseram-me que era amiga da família, e chamava-se Mafalda. Logo que nos sentamos, D. Antônia perguntou à hóspeda:

– Onde está Lalau?

– Onde há de estar! talvez brincando com o pavão. Mas, não faz mal, sinhá D. Antônia, vamos jantando; ela pode ser que nem tenha vontade de comer: antes de vir, comeu um pires de melado com farinha.

– A sege chegou muito tarde? perguntou Félix à hóspeda.

– Não, senhor; ainda esperou por nós.

– Seu irmão está bom?

– Está; minha cunhada é que anda um pouco adoentada. Depois da erisipela que teve pelo Natal, nunca ficou boa de todo.

Creio que disseram ainda outras coisas; mas não me interessando nada, nem a conversação, nem a hóspeda, que era uma pessoa vulgar, fiz o que costumo fazer em tais casos: deixei-me estar comigo. Já tinha compreendido que a hóspeda era uma das que chegaram na sege, que a outra devia ser a mocinha, cuja cara vi entre as cortinas, e finalmente que alguma intimidade haveria entre tal gente e aquela casa, visto que, contra a ordem severa desta, Lalau andava atrás do pavão, em vez de estar à mesa conosco. Mas, em resumo, tudo isso era bem pouco para quem tinha na cabeça a história de um imperador.

Lalau não se demorou muito. Chegou entre o primeiro e o segundo prato. Vinha um pouco esbaforida, voando-lhe os cabelos, que eram curtinhos e em cachos, e quando D. Antônia lhe perguntou se não estava cansada de travessuras, Lalau ia responder alguma coisa, mas deu comigo, e ficou calada; D. Antônia, que reparou nisso, voltou-se para mim.

– Reverendíssimo, é preciso confessar esta pequena e dar-lhe uma penitência para ver se toma juízo. Olhe que voltou há pouco e já anda naquele estado. Vem cá, Lalau.

Lalau aproximou-se de D. Antônia, que lhe compôs o cabeção do vestido; depois foi sentar-se defronte de mim, ao pé da outra hóspeda. Realmente, era uma criatura adorável, espigadinha, não mais de dezessete anos, dotada de um par de olhos, como nunca mais vi outros, claros e vivos, rindo muito por eles, quando não ria com a boca; mas se o riso vinha juntamente de ambas as partes, então é certo que a fisionomia humana confinava com a angélica, e toda a inocência e toda a alegria que há no céu pareciam falar por ela aos homens. Pode ser que isto pareça exagerado a uns e vago a outros, mas não acho no momento um modo melhor de traduzir a sensação que essa menina produziu em mim. Contemplei-a alguns instantes com infinito prazer. Fiei-me do caráter de padre para saborear toda a espiritualidade daquele rosto comprido e fresco, talhado com graça, como o rosto da pessoa. Não digo que todas as linhas fossem corretas, mas a alma corrigia tudo.

Chamava-se Cláudia; Lalau era o nome doméstico. Não tendo pai nem mãe, vivia em casa de uma tia. Quase se pode dizer que nasceu na Casa Velha, onde os pais estiveram muito tempo como agregados, e aonde iam passar dias e semanas. O pai, Romão Soares, exercia um ofício mecânico, e antes pertencera à guarda da cavalaria de polícia; a mãe, Benedita Soares, era filha de um escrivão da roça, e, segundo me disse a própria D. Antônia, foi uma das mais bonitas mulheres que ela conheceu desde o tempo do rei.

Lalau, se não nasceu ali, ali foi criada e tratada sempre, ela como a mãe, no mesmo pé de outras relações; eram menos agregadas que hóspedas. Daí a intimidade desta mocinha, que chegava a infringir a ordem austera da casa, não indo para a mesa com a dona dela. Lalau andava na própria sege de D. Antônia, vivia do que esta lhe dava, e não lhe dava pouco; em compensação, amava sinceramente a casa e a família. Tendo ficado órfã desde 1831, D. Antônia cuidou de lhe completar a educação; sabia ler e escrever, coser e bordar; aprendia agora a fazer crivo e renda.

Foi D. Antônia quem me deu essas notícias, naquela mesma tarde, ao café, acrescentando que achava bom casá-la quanto antes; tinha a responsabilidade do seu destino, e receava que lhe acontecesse o mesmo que com outra agregada, seduzida por um saltimbanco em 1835.

Nisto a menina veio a nós, olhando muito para mim. Estávamos na varanda.

– Vou confessá-la, disse-lhe eu; mas olhe lá se me nega algum pecado.

– Que pecado, meu Deus! Cruz! Eu não tenho pecado. Nhãtônia é que anda inventando essas coisas. Eu, pecado?

– E as travessuras? perguntei-lhe. Olhe, ainda hoje, quando estava quase a suceder um desastre na estrada, entre o carro de bois e a sege em que a senhora vinha, a senhora, em vez de ficar séria e pensar em Deus, enfiou a cabeça por entre as cortinas para fora, rindo como uma criança.

– Que é ela senão criança? ponderou D. Antônia.

Lalau olhou espantada.

– Onde estava o senhor padre?

– Estava no céu, espiando.

– Ora! diga onde estava.

– Já disse; estava no céu.

– Adeus! diga onde estava!

– Lalau! que modos são esses? repreendeu D. Antônia.

A moça calou-se aborrecida; eu é que fui em auxílio dela, e contei-lhe que estava à janela da biblioteca, quando ela chegara. D. Antônia já sabia tudo, pois ali um acontecimento de nada ou quase nada era matéria de longas conversações. Não obstante, a mocinha referiu ainda o que se passara e as suas sensações alegres. Confessou que não tinha medo de nada, e até que queria ver um desastre para compreender bem o que era. Como a conversação dela era a trancos, interrompeu-se para perguntar-me se era eu quem iria agora dizer missa lá em casa, em vez do Padre Mascarenhas. Respondi-lhe que não, quis saber o que estava fazendo na biblioteca. Disse-lhe que fazia crivo. Ela pareceu gostar da resposta; creio que achou entre os nossos espíritos algum ponto de contato.

A verdade é que, no dia seguinte, vendo-me entrar e ir para a biblioteca, ali foi ter comigo, ansiosa de saber o que eu estava fazendo. Como lhe dissesse que examinava uns papéis, ouviu-me atenta, pegou curiosa de algumas notas, e dirigiu-me várias perguntas; mas deixou logo tudo para contemplar a biblioteca, peça que raramente se abria. Conhecia os retratos, distinguiu-os logo; ainda assim parecia tomar gosto em vê-los, principalmente o do ex-ministro; quis saber se ela o conhecera; respondeu-me que sim, que era um bonito homem, e fardado então parecia um rei. Seguiu-se um grande silêncio, durante o qual ela olhou para o retrato, e eu para ela, e que se quebrou com esta frase murmurada pela moça, entre si e Deus:

– Muito parecido...

– Parecido com quem? perguntei.

Lalau estremeceu e olhou para mim, envergonhada. Não era preciso mais: adivinhei tudo. Infelizmente tudo não era ainda tudo.

CAPÍTULO III

Amor non improbatur, escreveu o meu grande Santo Agostinho. A questão para ele, como para mim, é que as criaturas sejam amadas e amem em Deus. Assim, quando desconfiei, por aquele gesto, que esta moça e Félix eram namorados, não os condenei por isso, e para dizer tudo, confesso que tive um grande contentamento. Não sei bem explicá-lo; mas é certo que, sendo ali estranho, e vendo esta moça pela primeira vez, a impressão que recebi foi como se se tratasse de amigos velhos. Pode ser que a simpatia da minha natureza explique tudo; pode ser também que esta moça, assim como fascinara o Félix para o amor, acabasse de fascinar-me para a amizade. Uma ou outra coisa, à escolha, a verdade é que fiquei satisfeito e os aprovei comigo.

Entretanto, adverti que da parte dele não vira nada, nem à mesa, nem na varanda, nada que mostrasse igual afeição. Dar-se-ia que só ela o amasse, não ele a ela? A hipótese afligiu-me. Achava-os tão ajustados um ao outro, que não acabarem ligados parecia-me uma violação da lei divina. Tais eram as reflexões que vim fazendo, quando dali voltei nesse dia, e para quem andava à cata de documentos políticos, não é de crer que semelhante preocupação fosse de grande peso; mas nem a alma de um homem é tão estreita que não caibam nela coisas contrárias, nem eu era tão historiador como presumira. Não escrevi a história que esperava; a que de lá trouxe é esta.

Não me foi difícil averiguar que o Félix amava a pequena. Logo nos primeiros dias pareceu-me outro, mais prazenteiro, e à mesa ou fora dela, pude apanhar alguns olhares, que diziam muito. Observei também que essa moça, tão criança, era inteiramente mulher quando os olhos dela encontravam os dele, como se o amor fosse a puberdade do espírito, e mais notei que, se toda a gente a tratava de um modo afetuoso, mas superior, ele tinha para com ela atenções e respeito.

Já então não ia eu ali todos os dias, mas três ou quatro vezes por semana. A dona da casa, posto que sempre afável, recebia a impressão natural da assiduidade, que vulgariza tudo. Os dois, não; o Félix vinha muitas vezes esperar-me a distância da casa, e na casa, ao portão ou na varanda, achava sempre a mocinha, rindo pela boca e pelos olhos. É bem possível que eu fosse para eles como o traço de pena que liga duas palavras; é certo, porém, que gostavam de mim. Eu, entre ambos, com a minha batina (deixem-me confessar esta vaidade) tinha uns ares do bispo Cirilo entre Eudoro e Cimódoce.

Há de parecer singular que não me lembrasse logo do pedido de D. Antônia para que o filho me acompanhasse à Europa, e o não ligasse a este amor nascente: lembrei-me depois. A princípio, vendo a afeição com que ela tratava a mocinha, cuidei que os aprovava. Mais tarde, quando me recordei do pedido, acreditei que esse amor era para ela o remédio ao mal secreto do filho, se algum havia, que me não quisera revelar.

Durante os primeiros dias, depois da chegada de Lalau, nada aconteceu que mereça a pena contar aqui. Félix acompanhava-me no trabalho, mas interrompidamente, e às vezes, se saía a algum negócio da casa, só nos víamos à mesa do jantar. Lalau não ia à biblioteca; um dia, porém, atreveu-se a entrar às escondidas, e foi ter comigo. Suspendi o trabalho, e conversamos perto de meia hora, sobre uma infinidade de coisas, presentes e passadas. Era mais de onze horas; o dia estava quente, o ar parado, a casa silenciosa, salvo um ou outro mugido, ao longe, ou algum canto de passarinho. Eu, com os estudos clássicos que tivera, e a grande tendência idealista, dava a tudo a cor das minhas reminiscências e da minha índole, acrescendo que a própria realidade externa – antiquada e solene nos móveis e nos livros – recente e graciosa em Lalau – era propícia à transfiguração.

Deixei-me ir ao sabor do momento. Notem bem que ela às vezes ouvia mal, ou não sabia ouvir absolutamente, mas com os olhos vagos, pensando em outra coisa. Outras vezes interrompia-me para fazer um reparo inútil. Já disse também que tinha a conversação truncada e salteada. Com tudo isso, era interessante falar-lhe, e principalmente ouvi-la. Sabia, no meio das puerilidades frequentes da palavra, não destoar nunca da consideração que me devia; e tanto era curiosa como franca.

– Teve medo? disse ela.

– Como é que a senhora entrou?

– Entrando; vi o senhor aqui, e vim muito devagar, pensando que não chegasse ao fim da sala, sem que o senhor me ouvisse, mas não ouviu nada, todo embebido no que está escrevendo. O que é?

– Coisas sérias.

– Nhãtônia disse que o senhor está aqui fazendo umas notas políticas para pôr num livro.

– Então se sabia como é que me perguntou?

Lalau encolheu os ombros.

– Fez mal, disse eu. Olhe que eu sou padre, posso pregar-lhe um sermão.

– O senhor prega sermões? por que não vem pregar aqui, na quaresma? Eu gosto muito de sermões. No ano passado, ouvi dois, na igreja da Lapa, muito bonitos. Não me lembra o nome do padre. Eu, se fosse padre, havia de pregar também. Só não gosto dos latinórios; não entendo.

Falou assim, a trancos, uns bons cinco minutos; eu deixei-a ir, olhando só, vivendo daquela vida que jorrava dela, cristalina e fresca. No fim, Lalau sentou-se, mas não se conservou sentada mais de dois minutos, levantou-se outra vez para ir à janela, e tornou dentro para mirar os livros. Achou-os grandes demais; admirava como havia quem tivesse a paciência de os ler. E depois alguns eram tão velhos!

– Que tem que sejam velhos? retorqui. Deus é velho, e é a melhor leitura que há.

Lalau olhou espantada para mim. Provavelmente era a primeira vez que ouvia uma figura daquelas, fez-lhe impressão. Teimou depois que os livros velhos pareciam-se com o antigo capelão da casa, o antecessor do Padre Mascarenhas, que andava com a batina empoeirada, e tinha a cara feita de rugas. Conseguintemente vieram histórias do capelão. Em nenhuma delas, nem de outras entrava o Félix; exclusão que podia ser natural, mas que me não pareceu casual. Como eu lhe dissesse que não se deve mofar dos padres, ela ficou mui séria e atenta; depois rompeu, rindo:

– Mas não é do senhor.

– De mim ou de outro é a mesma coisa.

– Ora, mas o outro era tão feio, tão lambuzão...

Disse-lhe, com as palavras que podia, que o padre é padre, qualquer que seja a aparência. Enquanto lhe falava, ela dava alguns passos de um lado para outro, cuido que para sentir o tapete debaixo dos pés; não o havia senão ali e na sala de visitas, fechada sempre. De quando em quando parava e olhava de cima as figuras desbotadas do chão; outras vezes deixava escorregar o pé, de propósito. Tinha o rasgo pueril de achar prazer em qualquer coisa.

– Está bom, está bom, disse-me ela finalmente, não precisa brigar comigo; não falo mais do capelão. Pode continuar o seu trabalho, vou-me embora.

– Não é preciso ir embora.

– Muito obrigada! Quer que fique olhando para as paredes, enquanto o senhor trabalha...

– Mas se eu não estou trabalhando! Olhe, se quer que eu não faça nada, sente-se um pouco, mas sente-se de uma vez.

Lalau sentou-se. A cadeira em que se sentou era uma velha cadeira de espaldar de couro lavrado, e pés em arco. Dali, olhava para fora, e o sol, entrando pela janela, vinha morrer-lhe aos pés. Para não estar em completo sossego, começou a brincar com os dedos; mas cessou logo, quando lhe perguntei, à queima-roupa, se se lembrava da mãe. As feições da moça perderam instantaneamente o ar alegre e descuidado; tudo o que havia nelas de frívolo converteu-se em gravidade e compostura, e a criança desapareceu, para só deixar a mulher com a sua saudade filial.

Respondeu-me com uma pergunta. Como podia esquecê-la? Sim, senhor, lembrava-se dela, e muito, e rezava por ela todas as noites para que Deus lhe desse o céu. E com certeza estava no céu. Era boa como eu não podia imaginar, e ninguém foi nunca tão amiga dela, como a defunta. Não negava que Nhãtônia lhe queria muito, e tinha provas disso, e assim também as mais pessoas de casa; mas a mãe era outra coisa. A mãe morria por ela, e quase se pode dizer que foi assim mesmo, porque apanhou uma constipação, estando a tratá-la de uma febre, e ficou com uma tosse que nunca mais a deixou. O doutor negou, disse que a morte foi de outra coisa; ela, porém, desconfiou sempre que a doença da mãe começou dali. Tão boa que nem quis que ela a visse morrer, para não padecer mais do que padecia. Não pôde vê-la morrer, viu-a depois de morta, tão bonita! tão serena! parecia viva!

Aqui levou os dedos aos olhos; eu levantei-me e disse-lhe que mudássemos de conversa, que a mãe estava no céu, e que a vontade de Deus era mais que tudo. Lalau escutou-me com os olhos parados – ela que os trazia como um casal de borboletas –, e depois de alguns instantes de silêncio, continuou a falar da mãe, mas já não da morte, senão da vida, e particularmente da beleza. Não, eu não podia imaginar como a mãe era bonita; até parava gente na rua para vê-la. E descreveu-a toda, como podia, mostrando bem que as graças físicas da mãe, aos olhos dela, eram ainda uma qualidade moral, uma feição, alguma coisa especial e genuína que não possuíram nunca as outras mães.

– Deus que a chamou para si, disse-lhe eu, lá sabe por que é que o fez. Agora tratemos dos vivos. Ela está no céu, a senhora está aqui, ao pé de pessoas que a estimam...

– Oh! eu dava tudo para tê-la ao pé de mim, na nossa casinha da Cidade Nova! A casa era isto – continuou ela levantando as mãos abertas, diante do rosto, e marcando assim o tamanho de um palmo –, ainda me lembro bem, era nada, quase nada – não tinha lá tapetes nem dourados, mas mamãe era tão boa! tão boa! Coitada de mamãe!

– Olhe o sol! disse eu procurando desviar-lhe a atenção.

Com efeito, o sol, que ia subindo, começava a lamber-lhe a barra do vestido. Lalau olhou para o chão, quis recuar a cadeira, mas sentindo-a pesada, levantou-se e veio ter comigo; pedindo-me desculpa de tanta coisa que dissera, e não interessava a ninguém; e não me deu tempo de replicar, porque acrescentou logo outro pedido: – que não contasse nada a Nhãtônia.

– Por quê?

– Ela pode acreditar que eu disse isto, por não estar bem aqui, e eu estou muito bem aqui, muito bem.

Quis retê-la, mas a palavra não alcançou nada, e eu não podia pegar-lhe nas mãos. Deixei-a ir, e voltei às minhas notas. Elas é que não voltaram a mim, por mais que tentasse buscá-las e transcrevê-las.

Lalau ainda tornou à sala, e daí a três ou quatro minutos, para reiterar o último pedido; prometi-lhe tudo o que quis. Depois, fitando-me bem, acrescentou que eu era padre, e não podia rir dela nem faltar à minha palavra.

– Rir? disse eu em tom de censura.

– Não se zangue comigo, acudiu sorrindo; digo isto porque sou muito medrosa e desconfiada.

E, rápida como passarinho, deixou-me outra vez só. Desta vez não tornei às notas; fiquei passeando na longa sala, costeando as estantes, detendo-me para mirar os livros, mas realmente pensando em Lalau. A simpatia que me arrastava para ela complicava-se agora de veneração, diante daquela explosão de sensibilidade, que estava longe de esperar da parte de uma criatura tão travessa e pueril. Achei nessa saudade da mãe, tão viva após longos anos, um documento de grande valor moral, pois a afeição que ali lhe mostravam, e o próprio contato da opulência podiam naturalmente tê-la amortecido ou substituído. Nada disso; Lalau daria tudo para viver ao pé da mãe! Tudo? Pensei também no silêncio que me recomendou, medrosa de que a achassem ingrata, e este rasgo não me pareceu menos valioso que o outro: era claro que ela compreendia as induções possíveis de uma dor que persiste, a despeito dos carinhos com que cuidavam tê-la eliminado, e queria poupar aos seus benfeitores o amargor de crer que empregavam mal o benefício.

Pouco depois chegou o Félix. Veio falar-me, disse-me que tinha uma boa notícia, que ia mudar de roupa e voltava. Vinte minutos depois estava outra vez comigo, e confiava-me o plano de fazer-se eleger deputado.

– Até agora não tinha resolvido nada, mas acho que devo fazê-lo. Sigo a carreira de papai. Que lhe parece, Reverendíssimo?

– Parece-me bem. Todas as carreiras são boas, exceto a do pecado. Também eu algum tempo, andei com fumaças de entrar na Câmara; mas não tinha recursos nem alianças políticas; desisti do emprego. E assim foi bom. Sou antes especulativo que ativo; gosto de escrever política, não de fazer política. Cada qual como Deus o fez. O senhor, se sair a seu pai, é que há de ser ativo, e bem ativo. A coisa é para breve?

Não me respondeu nada; tinha os olhos fora dali. Mas logo depois, advertido pelo silêncio:

– O quê? Ah! não é para já; estou arranjando as coisas. Estive com alguns amigos de papai, e parece que há furo. Como sabe há muitos desgostos contra o Regente... Se o imperador já tivesse a idade da constituição é que era bom; ia-se embora o Regente e o resto... Pois é verdade, creio que sim... Entretanto, nunca tinha pensado nisto seriamente; mas as coisas são assim mesmo... Que acha?

– Acho que faz bem.

– Em todo o caso, peço-lhe segredo; não diga nada a mamãe.

– Crê que ela se oponha?

– Não; mas... pode ser que não se alcance nada, e para lhe não dar uma esperança que pode falhar... É só isto.

Era plausível a explicação; prometi-lhe não dizer nada. Creio que falamos ainda de política, e da política daqueles últimos dez anos, que não era pouca nem plácida. Félix não tinha certamente um plano de ideias, e apreciações originais; através das palavras dele, apalpava eu as fórmulas e os juízos do círculo ou das pessoas com quem ele lidava para o fim de encetar a carreira. Agora, a particularidade dele era ter a clareza e retidão de espírito precisas para só recolher do que ouvia a parte sã e justa, ou, pelo menos, a porção moderada. Nunca andaria nos extremos, qualquer que fosse o seu partido.

– Trabalhou muito hoje? perguntou-me ele quando nos preparávamos para jantar.

– Pouco; tive uma visita.

– Mamãe?

– Não; outra pessoa, Lalau, não é assim que lhe chamam? Esteve aqui uma meia hora. Podia estar três ou quatro horas que eu não me dava por isso. Muito engraçada!

– Mamãe gosta muito dela, disse ele.

– Todos devem gostar dela; não é só engraçada, é boa, tem muito bom coração. Digo-lhe que pus de lado o Imperador, os Andradas, os Sete de Abril, pus tudo de lado só para ouvi-la falar. Tem coisas de criança, mas não é criança.

– Muito inteligente, não acha?

– Muito.

– De que falaram?

– De mil coisas, talvez duas mil; com ela é difícil contar os assuntos; vai de um para outro com tal rapidez que, se a gente não toma cuidado, cai no caminho. Sabe que ideia tive aqui, olhando para ela?

– Que foi?

– Casá-la.

– Casá-la? perguntou ele vivamente.

– Casá-la eu mesmo; ser eu o padre que a unisse ao escolhido do seu coração, quando ela o tivesse...

Félix não disse nada, sorriu acanhadamente, e, pela primeira vez, suspeitei que as intenções do rapaz podiam ser mui outras das que lhe supunha até então, que haveria nele, porventura em vez de um marido, um sedutor. Não alcanço exprimir como me doeu esta suposição. Ia tanto para a moça, que era já como se fosse minha irmã, o meu próprio sangue, que um estranho ia corromper e prostituir. Quis continuar a falar, para escrutar-lhe bem a alma; não pude, ele esquivou-se, e fiquei outra vez só. Nesse dia, retirei-me um pouco mais cedo. D. Antônia achou-me preocupado, eu disse-lhe que tinha dor de cabeça.

As pessoas de meu temperamento entender-me-ão. Bastou que uma ideia se me afigurasse possível para que eu a acreditasse certa. Vi a menina perdida. Não houvera ali uma agregada, seduzida em 1835, por um saltimbanco, como me dissera D. Antônia? Agora não seria um saltimbanco, mas o próprio filho da dona da casa. E assim explicou-se-me a teima de D. Antônia em arredar o filho do Rio de Janeiro, comparada com a afeição que tinha à menina. Refleti na distância social que os separava; Lalau era admitida na intimidade da família, mas o rapaz, filho de ministro e aspirante a ministro, e mais que tudo filho de casa-grande, tendo herdado o sangue do bisavô, tão orgulhoso nas veias da mãe, reservar-se-ia para algum casamento de outra laia. Como, porém, ela era bonita, e a natureza tem leis diferentes da sociedade, e não menos imperiosas, Félix achara um modo de conciliar umas e outras, amando sem casar.

Tudo isso que fica aí em resumo, foram as minhas reflexões do resto do dia, e de uma parte da noite. Estava irritado contra o rapaz, temia por ela, e não atinava com o que cumpria fazer. Pareceu-me até que não devia fazer nada, ninguém me dava direito de presumir intenções e intervir nos negócios particulares de uma família que, de mais a mais, enchia-me de obséquios. Isto era verdade; mas, como eu quero dizer tudo, direi um segredo de consciência. Entre a verdade daquele conceito e o impulso do meu próprio coração, introduzi um princípio religioso, e disse a mim mesmo que era a caridade que me obrigava, que no Evangelho acharia um motivo anterior e superior a todas as convenções humanas. Esta dissimulação de mim para mim podia calá-la agora, que os acontecimentos lá vão, mas não daria uma parte da história que estou narrando, nem a explicaria bem.

Lalau não me saía da cabeça: as palavras dela, suas maneiras, ingenuidade e lágrimas acudiram-

-me em tropel à memória, e davam-me força para tentar dominar a situação e desviar o curso dos acontecimentos. No dia seguinte de manhã quis rir de mim mesmo e dos meus planos de D. Quixote, remédio heroico, porque é tal a risada do apupo que ninguém a tolera ainda em si mesmo; mas não consegui nada. A consciência ficou séria, e a contração do riso desmanchou-se diante da sua impassibilidade. Compus cinco ou seis planos diferentes, alguns absurdos. O melhor deles era avisar a tia da menina; mas rejeitei-o logo por achá-lo odioso. Em verdade, ia dissolver laços íntimos, a título de uma suspeita, que apenas podia explicar a mim mesmo. E, se era odioso, não era menos imprudente; podia supor-se que eu cedia a um sentimento pessoal e reprovado. Rejeitei da vista esta segunda razão, mas atirei-me à primeira, e dei de mão ao plano.

O melhor de tudo, refleti finalmente, é observar e fazer o que puder, segundo as circunstâncias, mas de modo que evite estralada.

Tinha de ir almoçar com um padre italiano, no Hospício de Jerusalém, o mesmo que me falara da obra florentina, e me dera ocasião de brilhar na Casa Velha. Fui almoçar; no fim do almoço, apareceu lá um recém-chegado, um missionário que vinha das partes da China e do Japão, e trazia muitas relíquias preciosas. Convidaram-me a vê-las.

O missionário era lento na ação e derramado nas palavras, de modo que dispendemos naquilo um tempo infinito, e saí de lá tão tarde que não pude ir nesse dia à Casa Velha. De noite, constipei-me, apanhei uma febre, e fiquei cinco dias de cama.

CAPÍTULO IV

Estava prestes a deixar a cama, quando o Félix me apareceu em casa, pedindo desculpa de não ter vindo mais cedo, porque só na véspera soubera da minha doença. Trouxe-me visitas da mãe e de Lalau.

– Isto não é nada, disse-lhe eu; e se quer que lhe confesse, até foi bom adoecer para descansar um pouco.

– Virgem Maria! Não diga isso.

– Digo, digo. E não só para descansar, mas até para refletir. Doente, que não lê nem conversa, nem faz nada, pensa. Eu vivo só, com o preto que o senhor viu. Vem aqui um ou outro amigo, raro; passo as horas solitárias, olhando para as paredes, e a cabeça...

– A culpa é sua, interrompeu-me ele; podia ter ido para a nossa casa, logo que se sentiu incomodado. É o que devia ter feito. Não imagina mamãe como ficou cuidadosa, quando soube que o senhor estava de cama. Queria que eu viesse ontem mesmo, de noite, visitá-lo; eu é que disse que podia estar acomodado, e a visita seria antes uma importunação. E a sua amiguinha!

– Lalau?

– Ficou branca como uma cera, quando ouviu a notícia; e pediu-me muito que lhe trouxesse lembranças dela, que lhe desse conselho de não fazer imprudências, de não apanhar chuva, nem ar, nem nada, para não recair, que as recaídas são piores... Veja lá, se, em vez de se meter na cama, aqui em casa, tivesse ido para a nossa Casa Velha, lá teria duas enfermeiras de truz, e um leitor, como eu, para lhe ler tudo o que quisesse.

– Obrigado, obrigado; agradeço a todos, tanto a elas como ao senhor. Ficará para a outra moléstia. E, na verdade, é possível que então não pensasse em nada...

– Justo.

– ...Nem em ninguém. Ah! então Lalau disse isso? Foi exatamente nela que estive pensando.

– Como assim?

Ouvi passos e vozes na sala; era o meu preto que trazia um padre a visitar-me. Noutra ocasião, é possível que o Félix se despedisse e cedesse o lugar ao padre; mas a curiosidade valeu aqui ainda mais do que a afeição, e ele ficou. O padre esteve poucos minutos, dez ou vinte, não me lembra, dando-me algumas notícias eclesiásticas, contando anedotas de sacristia, que o Félix escutou com grande interesse, talvez aparente, para justificar a demora. Afinal, saiu, e ficamos outra vez sós. Não lhe falei logo de Lalau; foi ele mesmo que, depois de alguns farrapos de conversação, ditos soltos, reparos sem valor, me perguntou o que é que pensara dela. Eu, que o espreitava de longe, acudi à pergunta.

– Estive pensando que essa moça é superior à sua condição, disse eu. A Senhora D. Antônia falou-me de outra agregada que, há quatro anos, foi ali seduzida por um saltimbanco. Não creio que esta faça a mesma coisa, porque, apesar da idade e do ar pueril, acho-lhe muito juízo; creio antes que escolherá marido, e viverá honestamente. Mas é aqui o ponto. O marido que ela escolher pode bem ser da mesma condição que ela, mas muito inferior moralmente, e será um mau casamento.

Félix dividia os olhos entre mim e a ponta do sapato. Quando acabei, achou-me razão.

– Não lhe parece? perguntei.

– Decerto.

– Bem sei que é esquisito meter-me assim em coisas alheias...

– Nada é alheio para um bom padre como o senhor, disse ele com gravidade.

– Obrigado. Confesso-lhe, porém, que essa moça excitou a minha piedade. Já lhe disse: tem coisas de criança, mas não é criança. Entregá-la a um homem vulgar, que não a entenda, é fazê-la padecer. Não sei se a Senhora D. Antônia fez bem em apurar tanto a educação que lhe deu, e os hábitos em que a fez educar; não porque ela não se acomode a tudo, como um bom coração que é, mas porque, apesar disso, há de custar-lhe muito baixar a outra vida. Olhe que não é censurar...

– Pelo amor de Deus! sei o que é. Pensa que eu não estou com a sua opinião? Estou e muito. Mamãe é que pode ser que não esteja conosco. Já tem pensado em várias pessoas, segundo me consta, e de uma delas chegou a falar-me; era o Vitorino, filho do segeiro que nos conserta as carruagens. Ora veja!

– Não conheço o Vitorino.

– Mas pode imaginá-lo.

Olhei para ele um instante. Pareceu-me que estava de boa-fé; mas era possível que não, e cumpria arrancar-lhe a verdade. Inclinei-me, e disse que já tinha um noivo em vista, muito superior ao Vitorino.

– Quem é? perguntou ele inquieto.

– O senhor.

Félix teve um sobressalto, e ficou muito vermelho.

– Desculpe-me se lhe digo isto, mas é a minha opinião, e não vale mais que opinião. Há grande diferença social entre um e outro, mas a natureza, assim como a sociedade a corrige, também às vezes corrige a sociedade. Compensações que Deus dá. Acho-os dignos um do outro; os sentimentos dela e os seus são da mesma espécie. Ela é inteligente, e o que lhe poderia faltar em educação já sua mãe lho deu. Teria alguma dúvida em casar com ela?

Félix estendeu-me a mão.

– Não lhe nego nada, o senhor já adivinhou tudo, disse ele. E continuou, depois de haver-me apertado a mão: Que dúvida poderia ter? Ela merece um bom marido, e eu acho que não seria de todo mau. Resta ainda um ponto.

– Que ponto?

Hesitou um instante, bateu com a mão nos joelhos duas ou três vezes, olhando para mim, como querendo adivinhar as minhas intenções.

– Resta mamãe, disse finalmente.

– Opõe-se?

– Creio que sim.

– Mas não é certo.

– Há de ser certo. Digo-lhe tudo, como se falasse a um amigo velho de nossa casa. Mamãe percebeu, como o senhor, que nós gostamos um do outro, e opõe-se. Não o disse ainda francamente, mas sinto que, em caso nenhum, consentirá no nosso casamento. Esse Vitorino é um candidato inventado para separá-la de mim; e assim outros em que sei que já pensou. Estou que Lalau resistirá, mas temo que não seja por muito tempo... Não se lembra que mamãe já lhe pediu uma vez para levar-me à Europa? Era com o mesmo fim de afastar-me, distrair-me, e casá-la.

– Acha isso?

– Com certeza.

– Como explica então que ela continue a ter tanto amor à pequena?

– O senhor não conhece mamãe. É um coração de pomba, e gosta dela como se fosse sua filha. Mas coração é uma coisa, e cabeça é outra. Mamãe é muito orgulhosa em coisas de família. Seria capaz de velar uma semana ou duas, à cabeceira de Lalau, se a visse doente; mas não consentiria em casá-la comigo. São coisas diferentes.

– Devia ser isso mesmo, repliquei alguns instantes depois. E murmurei baixinho as palavras que ela ouvira ao avô, no tempo do rei e repetira mais tarde no paço: "Uma Quintanilha não treme nunca!".

– Nem treme, nem desce, concluiu o rapaz sorrindo. É o sentimento de mamãe.

– Seja como for, nada está perdido; cuido que arranjaremos tudo. Deixe o negócio por minha conta.

Tinha o plano feito. Se houvesse reconhecido que as intenções dele eram impuras, ajudaria a mãe e trataria de casar a menina com outro. Sabendo que não, ia ter com a mãe para arrancar-lhe o consentimento em favor do filho. Três dias depois, voltando à Casa Velha, achei nos olhos de Lalau alguma coisa mais particular que a alegria da amiga, achei a comoção da namorada. Era natural que ele lhe tivesse contado a minha promessa. Não lho perguntei; mas disse-lhe rindo que parecia ter visto passarinho verde. Toda a alma subiu-lhe ao rosto, e a moça respondeu com ingenuidade, apertando-me a mão:

– Vi.

Não explico a sensação que tive; lembra-me que foi de incômodo. Essa palavra súbita, cordial e franca, encerrando todas as energias do amor, lacerou-me as orelhas como uma sílaba aguda que era. Que outra esperava, e que outra queria, senão essa? Não a pedira, não vinha interceder por um e por outro? Criatura espiritual e neutra, cabia-me tão somente alegrar-me com a declaração da moça, aprová-la, e santificá-la ante Deus e os homens. Que incômodo era então esse? que sentimento espúrio vinha mesclar-se à minha caridade? Que contradição? que mistério? Todas essas interrogações surgiram do fundo de minha consciência, não assim formuladas, com a sintaxe da reflexão remota e fria, mas sem liame algum, vagas, tortas e obscuras.

Já se terá entendido a realidade. Também eu amava a menina. Como era padre, e nada me fazia pensar em semelhante coisa, o amor insinuou-se-me no coração à maneira das cobras, e só lhe senti a presença pela dentada do ciúme.

A confissão dele não me fez mal; a dela é que me doeu e me descobriu a mim mesmo. Deste modo, a causa íntima da proteção que eu dava à pobre moça era, sem o saber, um sentimento especial. Onde eles viam um simples protetor gratuito existia um homem que, impedido de a amar na terra, procurava ao menos fazê-la feliz com outro. A consciência vaga de um tal estado deu-me ainda mais força para tentar tudo.

CAPÍTULO V

Falei a D. Antônia no dia seguinte. Estava disposto a pedir-lhe uma conversação particular; mas foi ela mesma que veio ter comigo, dizendo que durante a minha moléstia tinha acabado umas alfaias, e queria ouvir a minha opinião; estavam na sacristia. Enquanto atravessávamos a sala e um dos corredores que ficavam ao lado do pátio central, ia-lhe eu falando, sem que ela me prestasse grande atenção. Subimos os três degraus que davam para uma vasta sala calçada de pedra, e abobadada. Ao fundo havia uma grande porta, que levava ao terreiro e à chácara; à direita ficava a da sacristia, à esquerda outra, destinada a um ou mais aposentos, não sei bem.

Naquela sala achamos Lalau e o sineiro, este sentado, ela de pé.

O sineiro era um preto velho e doido. Não fazia mais que tocar o sino da capela, para a missa, aos domingos. O resto do tempo vivia calado ou resmungando. Ninguém lhe falava, embora fosse manso. Lalau era a única, entre todos, parentes, agregados ou fâmulos, que ia conversar com ele, interrogá-lo, escutá-lo, pedir-lhe histórias. E ele contava-lhe histórias – muito compridas, sem sentido algumas, outras quase sem nexo, reminiscências vagas e embrulhadas, ou sugestões do delírio.

Era curioso vê-los. Lalau perdia a inquietação; ficava séria e tranquila, durante dez, quinze, vinte minutos, a escutá-lo. O Gira (nunca lhe conheci outro nome) alegrava-se ao vê-la. Com a razão, perdera a convivência dos mais. Vivia entregue aos pensamentos solitários, mergulhado na inconsciência e na solidão. A moça representava aos olhos dele alguma coisa mais do que uma simples criatura, era a sociedade humana, e uma sombra de sombra da consciência antiga. Ela, que o sentia, dava-lhe essa curta emersão do abismo, e uma ou duas vezes por semana ia conversar com ele.

D. Antônia parou. Não contava com a moça ali, ao pé da porta da sacristia, e queria falar-me em particular, como se vai ver. Compreendi-o logo pelo desagrado do gesto, como já suspeitara alguma coisa ao vê-la preocupada. No momento em que chegávamos, Lalau perguntou ao Gira:

– E depois, e depois?

– Depois, o rei pegou gavião, e gavião cantou.

– Gavião canta?

– Gavião? Uê, gente! Gavião cantou: Calunga, mussanga, monandenguê... Calunga, mussanga, monandenguê... Calunga...

E o preto dava ao corpo umas sacudidelas para acompanhar a toada africana. Olhei para Lalau. Ela, que ria de tudo, não se ria daquilo, parecia ter no rosto uma expressão de grande piedade. Voltei-me para D. Antônia; esta, depois de hesitar um pouco, deliberou entrar na sacristia, cuja porta estava aberta. Lalau tinha-nos visto, sorriu para nós e continuou a falar com o Gira. D. Antônia e eu entramos.

Sobre a cômoda da sacristia estavam as tais alfaias. D. Antônia disse ao preto sacristão, que fosse ajudar a descarregar o carro que chegara da roça, e lá a esperasse. Ficamos sós; mostrou-me duas alvas e duas sobrepelizes; depois, sem transição, disse-me que precisava de mim para um grande obséquio. Soube na véspera que o filho andava com ideias de ser deputado; pedia-me duas coisas, a primeira é que o dissuadisse.

– Mas por quê? disse-lhe eu. A política foi a carreira do pai, é a carreira principal no Brasil...

– Vá que seja; mas, Reverendíssimo, ele não tem jeito para a política.

– Quem lhe disse que não? Pode ser que tenha. No trabalho é que se conhece o trabalhador; em todo caso – deixe-me falar com franqueza –, acho bom da sua parte que procure empregar a atividade em alguma coisa exterior.

D. Antônia sentou-se, e apontou-me para outra cadeira. Ficamos ambos ao pé de uma larga janela, que dava para o terreiro. Sentada, declarou que concordava comigo na necessidade que apontara, mas ia então ao segundo obséquio, que não era novo; é que o levasse para a Europa. Depois da Europa, com mais alguns anos e experiência das coisas, pode ser que viesse a ser útil ao seu país...

Interrompi-a nesse ponto. Ela esperou; eu, depois de fitá-la por alguns instantes, disse-lhe que a viagem, com efeito, podia ser útil, mas que os costumes do moço eram tão caseiros que dificilmente se ajustariam às peregrinações; salvo se adotássemos um meio-termo: enviá-lo casado.

– Não se arranja uma noiva como um simples baú de viagem, disse ela.

– Está arranjada.

D. Antônia estremeceu.

– Está aqui perto; é a sua boa amiga e pupila.

– Quem? Lalau? Está caçoando. Lalau e meu filho? Vossa Reverendíssima está brincando comigo. Não vê que não é possível? Casá-los assim como um remédio? Falemos de outra coisa.

– Não, minha senhora, falemos disto mesmo.

D. Antônia, que dirigira os olhos para outro lado, quando proferiu as últimas palavras, levantou a cabeça de súbito, ao ouvir o que lhe disse. Creio que, depois da morte do marido, era a primeira pessoa que lhe fazia frente. Olhou-me espantada. Estava tão acostumada a governar ali, naquele mundo insulado, sem contraste nem advertência, que não podia crer em seus ouvidos. O Padre Mascarenhas dissera-lhe uma vez, ao almoço, que ela era a imperatriz da Casa Velha, e D. Antônia sorriu lisonjeada, com a ideia de ser imperatriz em algum ponto da terra. Não batia com o cetro em ninguém, mas estimava saber que lho reconheciam.

Pela minha parte, curvei-me respeitoso, mas insisti que falássemos daquele mesmo assunto, para resolvê-lo de uma vez.

– Resolver o quê? perguntou ela alçando desdenhosamente o lábio superior.

– Não percamos tempo em dizer coisas sabidas de nós ambos, continuei. Eles gostam um do outro. Esta é a verdade pura. Resta saber se poderão casar, e é aqui que não acho nem presumo nenhuma razão que se oponha. Não falo de seu filho, que é um moço digno a todos os respeitos. Falemos dela. Diga-me o que é que lhe acha?

Não quis responder; eu continuei o que dizia, lembrei a educação que ela lhe dera, o amor que lhe tinha, e principalmente falei das virtudes da moça, da delicadeza dos seus sentimentos, e da distinção natural, que supria o nascimento. Perguntei-lhe se, em verdade, acreditava que o Vitorino, filho do segeiro... D. Antônia estremeceu.

– Vejo que está informado de tudo, disse ela depois de um breve instante de silêncio. Conspiram contra mim. Bem; que quer de mim Vossa Reverendíssima? Que meu filho case com Lalau? Não pode ser.

– E por que não pode ser?

– Realmente, não sei que ideias entraram por aqui depois de 31. São ainda lembranças do Padre Feijó. Parece mesmo achaque de padres. Quer ouvir por que razão não podem casar? porque não podem. Não lhe nego nada a respeito dela; é muito boa menina, dei-lhe a educação que pude, não sei se mais do que convinha, mas, enfim, está criada e pronta para fazer a felicidade de algum homem. Que mais há de ser? Nós não vivemos no mundo da lua, Reverendíssimo. Meu filho é meu filho, e, além desta razão, que é forte, precisa de alguma aliança de família. Isto não é novela de príncipes que acabam casando com roceiras, ou de princesas encantadas. Faça-me o favor de dizer com que cara daria eu semelhante notícia aos nossos parentes de Minas e de S. Paulo?

– Pode ser que a senhora tenha razão; é achaque de padre, é achaque até de Nosso Senhor Jesus Cristo, que nasceu nas palhas...

– Sim, senhor; mas nesse caso que mal há em casar com o Vitorino? Filho de segeiro não é gente? Diga-me! Para que ela case com meu filho, Nosso Senhor nasceu nas palhas; mas para que case com o Vitorino, já não é a mesma coisa... Diga-me!

– Mas, Senhora D. Antônia...

– Qual! disse ela levantando-se, e indo até a porta que dava para a capela, e depois à outra de entrada da sacristia; espiou se nos ouviam, e voltou.

Voltando, deu alguns passos sem dizer nada, indo e vindo, desde a porta até a parede do fundo, onde pendia uma imagem de Nossa Senhora, com uma coroa de ouro na cabeça, e estrelas de ouro no manto. D. Antônia fitou durante alguns momentos a imagem como para defender-se a si mesma. A Virgem coroada, rainha e triunfante, era para ela a legítima deidade católica, não a Virgem foragida e caída nas palhas de um estábulo. Estava como até então não a tinha visto. Geralmente, era plácida, e alguma vez impassível; agora, porém, mostrava-se ríspida e inquieta, como se a natureza rompesse as malhas do costume. A pupila abrasava-se de uma flama nova; os movimentos eram súbitos e não sei se desconcertados entre si. Eu, da minha cadeira, ia-a acompanhando com os olhos, a princípio arrependido de ter falado, mas vencendo logo depois esse sentimento de desânimo, e disposto a ir ao fim. Ao cabo de poucos minutos,

D. Antônia parou diante de mim. Quis levantar-me; ela pôs-me a mão no ombro, para que ficasse, e abanou a cabeça com um ar de censura amiga.

– Para que me falou nisso? perguntou logo depois com doçura. Conheço que fala por ser amigo de um e de outro, e da nossa casa...

– Pode crer, pode crer.

– Creio, sim. Então eu não vejo as coisas? Tenho notado que é amigo nosso. Ela, principalmente, parece tê-lo enfeitiçado... Não precisa ficar vermelho; as moças também enfeitiçam os padres, quando querem que eles as casem com os escolhidos do coração delas. Que ela merece, é verdade; mas daí a casar é muito. Venha cá, prosseguiu ela sentando-se, vamos fazer um acordo. Eu cedo alguma coisa, o senhor cede também, e acharemos um modo de combinar tudo. Confesso-lhe um pecado. A escolha do Vitorino era filha de um mau sentimento; era um modo, não só de os separar, mas até de a castigar um pouco. Perdoe-me, Reverendíssimo; cedi ao meu orgulho ofendido. Mas deixemos o Vitorino; convenho que não é digno dela. É bom rapaz, mas não está no mesmo grau de educação que dei a Lalau. Vamos a outro; podemos arranjar-lhe empregado do foro, ou mesmo pessoa de negócio... Em todo caso, não seja contra mim; ajude-me antes a arranjar esta dificuldade que surgiu aqui em casa...

– Desde quando?

– Sei lá! desde meses. Desconfiei que se namoravam, e tenho feito o que posso, mas vejo que não posso muito.

– Entretanto, continua a recebê-la?

– Sim, para vigiá-la. Antes a quero aqui que fora daqui.

– Não é então porque a estima?

– É também porque a estimo. Infelizmente, porque a estimo. Quem lhe disse que não gosto dela, e muito? Mas meu filho é outra coisa, entrar na família é que não.

D. Antônia tirou o lenço do bolso, para esfregar as mãos, tornou a guardá-lo, e reclinou-se na cadeira, enquanto eu lhe fui respondendo. Conquanto fosse muito mais baixa que eu, dera um jeito tão superior na cabeça que parecia olhar de cima.

Fui respondendo o que podia e cabia, com boas palavras, mostrando em primeiro lugar a inconveniência de os deixar namorados e separados: era fazê-los pecar ou padecer. Disse-lhe que o filho era tenaz, que a moça provavelmente não teimaria em desposá-lo, sabendo que era desagradável à sua benfeitora, mas também podia dar-se que o desdém a irritasse, e que a certeza de dominar o coração de Félix lhe sugerisse a ideia de o roubar à mãe. Acrescia a educação, ponto em que insisti, a educação e a vida que levava, e que lhe tornariam doloroso passar às mãos de criatura inferior. Finalmente – e aqui sorri para lhe pedir perdão –, finalmente, era mulher, e a vaidade, insuportável nos homens, era na mulher um pecado tanto pior quanto lhe ficava bem; Lalau não seria uma exceção do sexo. Herdar com o marido o prestígio de que gozava a Casa Velha acabaria por lhe dar força e fazê-la lutar. Aqui parei; D. Antônia não me respondeu nada, olhava para o chão.

Como estávamos de costas para a janela, e ficássemos calados algum tempo, fomos acordados do silêncio pela voz de Lalau que vinha do lado do terreiro. Voltamos a cabeça; vimos a moça repreendendo a dois moleques, crias da casa, que puxavam pela casaca ao sineiro, uma velha casaca que o Félix lhe dera alguns dias antes. O sineiro, resmungando sempre, atravessou o terreiro, tomou à direita para o lado da frente da capela, e desapareceu; Lalau pegou na gola da camisa de uma das crias e na orelha da outra, e impediu que elas fossem atrás do pobre-diabo.

Olhei para D. Antônia, a fim de ver que impressão lhe dera o ato da moça. Mal começava a fitá-la, reparei que franzia a testa, não sei até se empalidecia; tornando a olhar para fora, tive explicação do abalo. Vi o filho de D. Antônia ao pé da moça; acabava de chegar ao grupo. Lalau explicava-lhe naturalmente a ocorrência; Félix escutava calado, sorrindo, gostando de vê-la assim compassiva, e afinal, quando ela acabou, inclinou-se para dizer alguma coisa aos moleques. Vimo-lo depois pegar em um destes, e aproximá-lo de si, enquanto a moça ficou com o segundo; e, posto esse pretexto entre eles, começaram a falar baixinho.

D. Antônia recuou depressa, para que não a vissem. Creio que era a primeira vez que eles lhe apresentavam semelhante quadro. Recuou levantando-se, e foi para o lado da cômoda; eu continuei a observá-los. Não se podia ouvir-lhes nada, mas era claro que falavam de si mesmos. Às vezes a boca interrompia os salmos, que ia dizendo, para deixar a antífona aos olhos; logo depois recitava o cântico. Era a eterna aleluia dos namorados.

Violentei-me, não tirei a vista do grupo; precisava matar em mim mesmo, pela contemplação objetiva da desesperança, qualquer má sugestão da carne. Olhei para os dois, adivinhei o que estariam dizendo, e, pior ainda, o que estariam calando, e que se lhes podia ler no rosto e nas maneiras. Lalau era agora mulher apenas, sem nenhuma das coisas de criança que a caracterizavam na vida de todas as horas. Com as mãos no ombro do moleque, ora fitava os olhos na carapinha deste, ouvindo somente as palavras de Félix; ora, erguia-os para o moço, a fim de o mirar, calada ou falando. Ele é que olhava sempre para ela, atento e fixo.

Entretanto, D. Antônia aproximara-se outra vez da janela, por trás de mim, e de mais longe, confiada na obscuridade da sacristia. Voltei-me e disse-lhe que a nossa espionagem era de direito divino, que o próprio céu nos aparelhara aquela indiscrição. D. Antônia, em geral avessa às sutilezas do pensamento, menos que nunca podia agora penetrá-las; pode ser até que nem me ouvisse. Continuou a olhar para os dois, ansiosa de os perceber, aterrada de os adivinhar.

– Uma coisa há de conceder, disse-lhe eu, há de conceder que eles parecem ter nascido um para o outro. Olhe como se falam. Veja os modos dela, a dignidade, e ao mesmo tempo a doçura; ele parece até que quer fazer esquecer que é o herdeiro da casa. Não sei até se lhe diga uma coisa; digo se me consentir...

D. Antônia voltou os olhos a mim com um ar interrogativo e complacente.

– Digo-lhe que, se alguém trocasse os papéis, e a desse como sua filha, e a ele como o advogado da casa, ninguém poria nenhuma objeção.

D. Antônia afastou-se da janela, sem dizer nada; depois tornou a ela, curiosa, interrogando a fisionomia dos dois. No fim de alguns minutos, não tendo esquecido as minhas últimas palavras, redarguiu com ironia e tristeza:

– Advogado? Creio que é muito; diga logo cocheiro.

Fiz um gesto de pesar. E pedi-lhe que me desculpasse o estilo pinturesco da conversação; não queria dizer senão que a dignidade da moça fá-la-ia supor dona da casa, ao passo que as maneiras respeitosas dele, que tão bem lhe iam, poderiam fazê-lo crer outra coisa; mas outra coisa educada, notasse bem. D. Antônia ouviu-me distraída e inquieta, olhando para fora e para dentro; e quando afinal os dois separaram-se, indo ele para o lado da frente da capela, que comunicava com o caminho público, e ela para a parte oposta, a fim de entrar em casa, D. Antônia sentou-se na cadeira em que estivera antes, e respirou à larga. Abanou a cabeça duas ou três vezes, e disse-me sem olhar para mim:

– Não tenho do que me queixar; a culpa é toda minha.

De repente, voltou a cabeça para o meu lado e fitou-me. Tinha as feições um tanto alteradas, como que iluminadas, e esperei que me dissesse alguma coisa, mas não disse. Olhou, olhou, recompôs a fisionomia e levantou-se.

– Vamos.

Não obedeci logo; imaginei que ela acabava de achar algum estratagema para cumprir a sua vontade, e confessei-lho sem rebuço, porque a situação não comportava já dissimular. D. Antônia respondeu que não, não achara nem buscara nada, e convidou-me a sair. Insisti no receio, acrescentando que, se cogitava dar um golpe, melhor seria avisar-me, para que os dissuadisse, e não fossem eles apanhados de supetão. D. Antônia ouviu sem interromper, e não replicou logo, mas daí a alguns segundos, com palavras não claras e seguidas, senão ínvias e dúbias. Contava comigo ao lado dela, desde que soubesse a verdade... mas que a apoiasse já... depois... então...

– A verdade? repeti eu. Que verdade?

– Vamos embora.

– Diga-me tudo, a ocasião é a única, estamos perto de Deus...

D. Antônia estremeceu ouvindo esta palavra, e deu-se pressa em sair da sacristia; levantei-me e saí também. Achei-a a dois passos da porta, disse-me que ia ver os aposentos fronteiros, porque contava com hóspedes da roça, e foi andando; eu desci os degraus de pedra, atravessei o pátio da cisterna, e recolhi-me à biblioteca. Recolhi-me alvoroçado. Que verdade seria aquela, anunciada a fugir, tal verdade que faria trocar de papel, desde que eu a conhecesse? Cumpria arrancar-lha, e a melhor ocasião ia perdida.

CAPÍTULO VI

No dia seguinte fui mais cedo para a Casa Velha, a fim de chegar antes dos hóspedes que D. Antônia esperava da roça, mas já os achei lá; tinham chegado na véspera, às ave-marias. Um deles, o coronel Raimundo, estava na varanda da frente, conheceu-me logo, e veio a mim para saber como ia a história de Pedro I. Sem esperar pela resposta, disse que podia dar-me boas informações. Conhecera muito o imperador. Assistira à dissolução da Constituinte, por sinal que estava nas galerias, durante a sessão permanente, e ouvira os discursos do Montezuma e dos outros, comendo pão e queijo, à noite, comprados na Rua da Cadeia; uma noite dos diabos.

– Vossa Reverendíssima vai escrever tudo?

– Tudo o que souber.

– Pois eu lhe direi alguma coisa.

Começamos a passear ao longo da varanda grande. Egoísmo de letrado! A esperança de alguns documentos e anedotas para o meu livro pôs de lado a principal questão daqueles dias; entreguei-me à conversação do coronel. Já sabemos que era parente da casa; era irmão de um cunhado do marido de D. Antônia, e fora muito amigo e familiar dele. Falamos cerca de meia hora; contou-me muita coisa do tempo, algumas delas arrancadas por mim, porque ele nem sempre via a utilidade de um episódio.

– Oh! isso não tem interesse!

– Mas diga, diga, pode ser, insistia eu.

Então ele contava o que era, uma visita, uma conversa, um dito, que eu recolhia de cabeça, para transpô-lo ao papel, como fiz algumas horas depois. Raimundo foi-se sentindo lisonjeado com a ideia de que eu ia imprimir o que me estava contando, e desceu a minúcias insignificantes, casos velhos, e finalmente às anedotas dele mesmo, e às partes da sua vida militar.

– Nhãtônia, disse ele vendo entrar a parenta na varanda, este seu padre sabe onde tem a cabeça.

D. Antônia fez um gesto afirmativo e seco, mas logo depois, para me não molestar, redarguiu sorrindo que sim, que tanto sabia onde tinha a cabeça como o coração. Lalau e as duas filhas do coronel vieram de fora, veio de dentro uma senhora idosa, arrastando um pouco os pés, e dando o braço a uma moça alta e fina.

– Ande para aqui, baronesa, disse-lhe D. Antônia.

Apresentaram-me às suas damas. Soube que a baronesa era avó da moça que a acompanhava. Eram esperadas do Pati do Alferes dez ou doze dias depois; mas vieram antes para assistir à festa da Glória. Foi o que me constou ali mesmo pela conversação dos primeiros minutos. A baronesa sentara-se de costas para uma das colunas, na cadeira rasa que lhe deram, ajudada pela neta, que a acomodou minuciosamente. Observei-a por alguns instantes. Os dois cachos brancos e grossos, pelas faces abaixo, eram da mesma cor da touca de cambraia e rendas; os olhos eram castanhos e não inteiramente apagados; lá tinham seus momentos de fulgor, principalmente se ela falava em política.

– Sinhazinha, o livro? perguntou ela à neta.

– Está aqui, vovó.

– É o mesmo da outra vez, Nhãtônia?

Era a mesma novela que lera quando ali esteve um ano antes, e queria reler agora: era o *Saint Clair das Ilhas* ou os *Desterrados da Ilha da Barra*. Meteu a mão no bolso e tirou os óculos, depois a caixa de rapé, e pôs tudo no regaço. Raimundo, passando a mão pela barba, disse rindo:

– Bem, as senhoras vão conversar e nós vamos a um solo. Valeu, Reverendíssimo?

Fiz um gesto de complacência.

– Félix é um parceirão, e Nhãtônia também; mas vamos só os três. Nunca jogou com o Félix? Vai ver o que ele é, fino como trinta diabos; lá na roça dá pancada em todo mundo. Aquilo saiu ao pai. Se algum dia entrar na Câmara, creia que há de fazer um figurão, como o pai, e talvez mais. E olhe que acho tudo pouco para dar em terra com a tal Regência do Sr. Pedro de Araújo Lima...

– Lá vem o coronel com as suas ideias extravagantes, acudiu a velha baronesa abrindo a caixa de rapé, e oferecendo-me uma pitada, que recusei. Acha que o Araújo Lima vai mal? Preferia o seu amigo Feijó?

Raimundo replicou, ela treplicou, enquanto eu voltava a atenção para Sinhazinha, que, depois de ter acomodado a avó, fora sentar-se com as outras moças.

Sinhazinha era o oposto de Lalau. Maneiras pausadas, atitudes longamente quietas; não tinha nos olhos a mesma vida derramada que abrangia todas as coisas e recantos, como os olhos da outra. Bonita era, e a elevação do talhe delgado dava-lhe um ar superior a todas as demais senhoras ali presentes, que eram medianas ou baixinhas, com exceção de Lalau, que ainda assim era menos alta que ela. Mas essa mesma superioridade era diminuída pela modéstia da pessoa, cujo acanhamento, se era natural, aperfeiçoara-se na roça. Não olhou para mim quando chegou, nem ainda depois de sentar-se. Usava as pálpebras caídas, ou, quando muito, levantava-as para fitar só a pessoa com quem ia falando. Como o pescoço era um tantinho alto demais, e a cabeça vivia ereta, aquele gesto podia parecer afetação. Os cabelos eram o encanto da avó, que dizia que a neta era a sua alemã, porque eles tendiam a ruivo; mas, além de ruivos, eram crespos, e, penteados e atados ao desdém, davam-lhe muita graça.

Gastei nesse exame não mais de dois a três minutos. Depois, indo a compará-la melhor com Lalau, vi que esta fazia igual exame sorrateiramente. Não era a primeira vez que a via, era a segunda ou terceira, desde que Sinhazinha perdera o pai e a mãe e viera do Rio Grande do Sul para a fazenda da avó; não a viu no ano anterior, quando ela ali esteve, e cuido que lhe achava alguma diferença para melhor.

– Reverendíssimo, vamos? disse-me o coronel, acabando de replicar à baronesa.

– Já, já. Onde está o parceiro?

– Havemos de achá-lo. Nhãtônia, ele terá saído?

D. Antônia respondeu negativamente. Estaria vendo as bestas, que vieram da roça, ou o cavalo que comprara na véspera. E descreveu o cavalo, a pedido do coronel, chegando-se ao mesmo tempo para o lado da Sinhazinha. Chegando a esta parou, pôs-lhe uma das mãos na cabeça, e com a outra levantou-lhe o queixo, para mirá-la de cima.

– Ai, Nhãtônia! disse a moça. Está me afogando.

D. Antônia fez-lhe uma careta de escárnio, inclinou-se e beijou-lhe a testa com tanta ternura, que me deu ciúmes pela outra. E sentou-se entre elas todas, e todas lhe fizeram grande festa. Raimundo calara-se para mirar a cena, porque ele queria muito às filhas, e gostava de vê-las acariciadas também. Nisto ouvimos passos na sala contígua, e daí a nada entrava na varanda o filho de D. Antônia.

– Ora, viva! bradou o coronel. Estávamos à espera de você para um solo.

– Vá, vá, acudiu a baronesa, levantando os olhos do livro. O coronel está ansioso por jogar, e é uma fortuna, porque veio da roça insuportável, e não me deixa ler... Então você comprou um cavalo?

Curtos eventos, palavras sem interesse, ou apenas curiosas que me não consolavam da interrupção a que era obrigado no cometimento voluntário que empreendera; mas naquele dia não foi essa a minha pior impressão. Fomos dali para a mesa do jogo, em uma sala que ficava do outro lado, ao pé da alcova do Félix. O coronel, contando os tentos, disse-nos que a baronesa estava com ideias de casar a neta, conquanto ainda não tivesse noivo; era uma ideia. Parece que sentia-se fraca, receava morrer sem vê-la casada; foi o que ele ouviu dizer aos Rosários de Iguaçu, que eram muito da intimidade dela, e até parentes. Depois, rindo para o Félix:

– Ali está um bom arranjo para você.

– Ora! rosnou o rapaz.

– Ora quê? retorquiu o coronel encarando-o, enquanto baralhava e dava as cartas. Repito que era um bom arranjo; eu acho-a bem bonita, acho-a mesmo (tape os ouvidos, Reverendíssimo!), acho-a um peixão. O pai educou-a muito bem; e depois duas fazendas, pode-se até dizer três, mas uma delas tem andado para trás. Duas grandes fazendas, com setecentas cabeças, ou mais; terra de primeira qualidade; muita prata... Não há outro herdeiro...

– Solo! interrompeu o moço.

Ambos passamos; ele jogou e perdeu. Não tinha jogo, foi um modo de interromper o discurso do parente. Mas o coronel era daqueles que não esquecem nada, e daí a pouco tornou ao assunto, para dizer que ele, apesar de achacado, se a moça quisesse, tomá-la-ia por esposa; e logo rejeitou a ideia. Não, não podia ser, estava um cangalho velho, não era mais quem dantes fora, no tempo do rei, e ainda depois. E vinha já uma aventura de 1815, quando o parente, em respeito a mim, disse-lhe que jogasse ou íamos embora...

Pela minha parte, estava aborrecido. A opinião do coronel, relativamente à conveniência de casar o parente com Sinhazinha, e as mostras de ternura de D. Antônia para com esta fizeram-me crer que podia haver alguma coisa em esboço; mas, ainda que nada houvesse, Raimundo, expansivo como era, chegaria a insinuá-lo à parenta. Era uma solução. Ignoro se Félix também desconfiava a mesma coisa; é, todavia, certo que jogou distraído e calado – durante alguns minutos –, o que fez com que o coronel nos dissesse de repente que estávamos no mundo da lua, que não viera da roça para ficar casmurro, e que, ou jogássemos ou ele ia às francesas da Rua do Ouvidor.

Ainda uma vez, Félix atalhou a imaginação libertina do tio. Para desviá-lo dali, falou de outros atrativos, de um prestidigitador célebre cujo nome enchia então a cidade, e que inteiramente me esqueceu, de bailes de máscaras e teatros. Contou-lhe o enredo dos dramas que andavam então em cena, e aludiu a certa farsa, que divertira muito o coronel, na última vez que viera da roça. Raimundo tinha a alma ingenuamente crédula para as ficções da poesia; ouvia-as como quem ouve a notícia de uma facada. Não era mau homem, e era excelente pai; disse logo que não perderia nada, e levaria ao teatro as suas candongas. Assim chamava às filhas.

Jogamos até perto da hora de jantar. Enquanto eles iam à cavalariça, ver os animais chegados, dirigi-me para a sala principal, onde achei D. Mafalda, a tia da Lalau, que vinha buscá-la para ir com ela às novenas da Glória; a moça voltaria depois da festa. Pareceu-me que Lalau ia obedecer constrangida; e, por outro lado, não ouvi nenhuma objeção da parte de D. Antônia. Só estavam as três; as hóspedas da roça tinham-se recolhido por alguns instantes. Raimundo e Félix entraram pouco depois, o primeiro convidando-me a ir passear com ele e o sobrinho, a cavalo.

– Mas, se eu não sei montar...

– Não diga isso! Então vamos nós dois, continuou voltando-se para o sobrinho. Vai Nhãtônia...

– Eu não.

– ...Vai Sinhazinha. Sinhazinha é cavaleira de truz.

Outra vez este nome! A gente como eu, quando receia alguma coisa, faz derivar ou afluir para ela os mais alheios incidentes e as mais casuais circunstâncias. Fui acreditando que o coronel era efetivamente um desbravador, e a temer que o Félix não resistisse por muito tempo à oferta de uma noiva distinta e graciosa, e da riqueza que viria com ela. Olhei para ele; vi-o falando com a tia de Lalau.

– Valeu? perguntou-lhe o coronel de longe.

– Hoje, não. Bem, amanhã, depois do almoço.

– A senhora não perde as novenas da Glória, disse Félix a Mafalda.

– É minha devoção antiga; e gosto de ir com Lalau, por causa da mãe, que também era muito devota de Nossa Senhora da Glória. Lembra-se, Nhãtônia? Mas deixe estar, no dia 16 estamos cá.

– Não, interrompeu Félix, venham jantar no dia da Glória; venham de manhã. Temos missa na capela, e que diferença há entre a missa cantada e a rezada? Não é, Reverendíssimo?

Fiz um gesto de assentimento. D. Antônia, porém, mordeu o lábio inferior, e não teve tempo de intervir, porque a tia da moça concordou logo em trazê-la no dia 15 de manhã. Lalau agradeceu-lhe com os olhos. Não obstante a disposição do moço, fiquei receoso. Ao jantar, acharam-me preocupado; respondi somente que eram remorsos de ter gasto o melhor do dia ao jogo, em vez de ficar ao trabalho, e anunciei a D. Antônia que, em breve tempo, teria concluído as pesquisas. Caindo a tarde, Lalau e a tia despediram-se, e eu ofereci-me para acompanhá-las. Não era preciso; D. Antônia mandara aprontar a sege.

– Nhãtônia quer dar-se sempre a esses incômodos, disse agradecendo Mafalda.

– Eu não, redarguiu D. Antônia rindo, as incomodadas são as bestas.

A sege, em vez de as tomar ao pé da porta que ficava por baixo da sala dos livros, veio recebê-las diante da varanda, onde nos achávamos todos. O constrangimento de Lalau era já manifesto. Se preferia a mãe a tudo, como me dissera uma vez, cuido que preferia D. Antônia e a Casa Velha à companhia da tia; acrescia agora a presença de hóspedes, a variedade de vida que eles traziam à Casa Velha; finalmente, pode ser também, sem afirmá-lo, que tivesse receios idênticos aos meus. Despediu-se penosamente. D. Antônia, embora lhe fosse adversa, é certo que ainda a amava, deu-lhe a mão a beijar, e, vendo-a ir, puxou-a para si, e beijou-a na cara uma e muitas vezes.

– Cuidado, nada de travessuras! disse-lhe.

Tia e sobrinha desceram os degraus da varanda, e quando eu ia ajudá-las a entrar na sege, atravessou-se-me o filho da dona da casa, que deu a mão a uma e outra, cheio de respeito e graça.

– Adeus, Nhãtônia! disse a moça metendo a cabeça entre as cortinas de couro da sege, e fechando-as, depois de dizer-me adeus com os olhos.

Eu, que estava no topo da escada, correspondi-lhe igualmente com os olhos, e voltei para as outras pessoas, enquanto a sege ia andando, e o moço subia os degraus.

– Nhãtônia, disse o coronel rindo, este seu filho dava para camarista do paço.

D. Antônia, escandalizada, tinha entre as sobrancelhas uma ruga, e olhou sombria para o filho. Quero crer que esse incidente foi a gota que fez entornar do espírito de D. Antônia a singular determinação que vou dizer.

CAPÍTULO VII

Era na varanda, na manhã seguinte. Quando ali cheguei, dei com D. Antônia só, passeando de um para outro lado; a baronesa recolhera-se, e os outros tinham saído a cavalo, depois de alguma espera para que eu os visse; mas cheguei tarde; por que é que não fui mais cedo?

– Não pude; estive sabendo as más notícias que vieram do Sul.

– Sim? perguntou ela.

Contei-lhe o que havia, acerca da rebelião; mas os olhos dela, despidos de curiosidade, vagavam sem ver, e, logo que o percebi, parei subitamente. Ela, depois de alguma pausa:

– Ah! então os rebeldes...

Repetiu a palavra, murmurou outras, mas sem poder vinculá-las entre si, nem dar-lhes o calor que só o real interesse possui. Tinha outra rebelião em casa, e, para ela, a crise doméstica valia mais que a pública. É natural, pensei comigo; e tratei de ir aos meus papéis. Ao pedir-lhe licença, vi-a olhar para mim, calada, e reter-me pelo pulso.

– Já? disse finalmente.

– Vou ao trabalho.

D. Antônia hesitou um pouco; depois, resoluta:

– Ouça-me!

Respondi que estava às suas ordens, e esperei.

D. Antônia passou a mão pelos olhos, sacudiu a cabeça, e perguntou-me se não suspeitava alguma causa absoluta de impedimento entre o filho e Lalau.

– Causa absoluta?

– Sim, murmurou ela, a medo, baixando e erguendo os cílios, como envergonhada.

Confesso que a suspeita de que Lalau era filha dela acudiu-me ao espírito, mas varri-a logo por absurda; adverti que ela o diria antes à própria moça do que a nenhum homem, ainda que padre. Não, não era isso. Mas então o que era? Tive outra suspeita, e pedi-lhe que me dissesse, que me explicasse...

– Está explicado.

– Seu marido...?

D. Antônia fez um gesto afirmativo, e desviou os olhos. Tinha a cara que era um lacre. Quis ir para dentro, mas recuou, deu alguns passos até o fim da varanda, voltou, e foi sentar-se na cadeira que ficava mais perto, entre duas portas; apoiou os braços nos joelhos, a cabeça nas mãos, e deixou-se estar. Eu, espantado, não achava nada que dissesse, nada, coisa nenhuma; olhava para o ladrilho, à toa; e assim ficamos por um longo trato de tempo. Acordou-nos um moleque, vindo pedir uma chave à senhora, que lhe deu o molho delas, e ficou ainda sentada, mas sem pousar a cabeça nas mãos. A expressão do rosto não era propriamente de tristeza ou de resignação, mas de constrangimento, e pode ser também que de ansiedade; e não fiz logo esse reparo, mas depois, recapitulando as palavras e os gestos. Fosse como fosse, não me passou pela ideia que aquele impedimento moral e canônico podia ser um simples recurso de ocasião.

Caminhei para ela, estendi-lhe as mãos, ela deu-me as suas, e apertando-lhas, disse-lhe que não devia ter ajuntado à fatalidade do nascimento o favor das circunstâncias; não devia tê-los levado, pelo descuido, ao ponto em que estavam, para agora separá-los irremediavelmente. D. Antônia murmurou algumas palavras de explicação: – acanhamento, confiança, esperança, a ideia de casá-la com outro, a de mandar o filho à Europa... As mãos tremiam-lhe um pouco; e, talvez por tê-lo sentido, puxou-as e cruzou os braços.

– Bem, disse-lhe eu, agora é separá-los.

– Custa-me muito, porque eu gosto dela. Eduquei-a como filha.

– É urgente separá-los.

– Aqui é que Vossa Reverendíssima podia prestar-me um grande obséquio. Não me atrevo a fazer nada; não sei mesmo o que poderia fazer. Vossa Reverendíssima, que os estima, e creio que me estima também, é que acharia algum arranjo. Meu filho está resolvido a ir por diante; mas a sua intervenção... Posso contar com ela?

– Tem sido excessiva minha intervenção. Vim receber um obséquio, e acho-me no meio de um drama. Era melhor que me tivesse limitado a recolher papéis...

– Não diga mais nada; acabou-se. Demais, um padre não se pode arrepender do benefício que tentou fazer. A intenção era generosa; mas o que lá vai, lá vai. Agora é dar-nos remédio. Será tão egoísta que me não ajude? Não tenho outra pessoa; o coronel é um estonteado... E depois, por mim só; não faço nada... Ajude-me.

D. Antônia falava baixinho, com medo de que nos ouvissem; chegou a levantar-se e ir espiar a uma das portas, que davam para a sala. Não julguei mal da precaução, que era natural; e, quando ela, voltando a mim, parou e interrogou-me de novo, respondi-lhe que precisava equilibrar-me primeiro; a revelação atordoara-me. Aqui desviou os olhos.

– Não é sangria desatada, acrescentei. Lalau está fora por alguns dias; pensarei lentamente. Que a ajude? Hei de ser obrigado a isso, agora que a situação mudou. Se não dei causa ao sentimento que os liga, é certo que o aprovei, e estava pronto a santificá-lo. A senhora foi muito imprudente.

– Confesso que fui.

– Vai agora desgraçá-los.

D. Antônia fez com a boca um gesto, que podia parecer meio sorriso, e era tão somente expressão de incredulidade. Traduzido em palavras, quer dizer que não admitia que a separação dos dois pudesse trazer-lhes nenhum perpétuo infortúnio. Tendo casado por eleição e acordo dos pais, tendo visto casar assim todas as amigas e parentes, D. Antônia mal concebia que houvesse, ao pé deste costume, algum outro natural e anterior. Cuidava a princípio que a sua vontade bastava a compor as coisas; depois, não logrando mais que baralhá-las, cresceu-lhe naturalmente a irritação, e afinal criou medo; mas, supôs sempre que o efeito da separação não passaria de algumas lágrimas.

– Amanhã ou depois falaremos, disse-lhe.

Fui dali aos livros. Ao entrar na sala deles, parei diante do retrato do ex-ministro, e mirei por alguns instantes aquela boca, que me parecera lasciva, desde que a vi pela primeira vez. E disse comigo, olhando para ele:

– Estás morto. Gozaste e descansas; mas eis aqui os frutos podres da incontinência; e são teus próprios filhos que vão tragá-los.

Estava irritado, dava-me ímpeto de quebrar alguma coisa. Sentei-me, levantei-me, fui à janela e acabei passeando ao longo da sala, com os pensamentos dispersos e confusos. Os livros, arranjados nas estantes, olhavam para mim, e talvez comentavam a minha agitação com palavras de remoque, dizendo uns aos outros que eles eram a paz e a vida, e que eu padecia agora as consequências de os haver deixado, para entrar no conflito das coisas. Nem por sombras me acudiu que a revelação de D. Antônia podia não ser verdadeira, tão grave era a coisa e tão austera a pessoa. Não adverti sequer na minha cumplicidade. Em verdade, eu é que proferi as palavras que ela trazia na mente; se me tenho calado, chegaria ela a dizê-las? Pode ser que não; pode ser que lhe faltasse ânimo para mentir. Tocado de malícia, o coração dela achou na minha condescendência um apoio, e falou pelo silêncio. Assim vai a vida humana: um nada basta para complicar tudo.

Meia hora depois, ou mais, ouvi rumor do lado de fora, cavalos que chegavam lentamente: eram os passeadores. Fui à janela. Uma das filhas do coronel vinha na frente com o pai; a outra e Sinhazinha seguiam logo, com o rapaz entre elas. Félix falava a Sinhazinha, e esta ouvia-o olhando para ele, direitamente, sem biocos, como na varanda; era talvez o cavalo que restituía à rio-grandense a posse de si mesma e a franqueza das atitudes. Todo entregue a um acontecimento, subordinei a ele os outros, e concluí da familiaridade dos dois que bem podiam vir a amar-se. Sinhazinha escutava com atenção, cheia de riso, pescoço teso, segurando as rédeas na mão esquerda, e dando com a ponta do chicotinho, ao de leve, na cabeça do cavalo.

– Reverendíssimo, bradou parando embaixo da janela o coronel, os *farrapos* invadiram Santa Catarina, entraram na Laguna, e os legais fugiram. Eu, se fosse o governo, mandava fuzilar a todos estes para escarmento...

Já os pajens estavam ali, à porta, com bancos para as moças, apearam-se todos e subiram. Daí a alguns minutos Raimundo e Félix entravam-me pela sala, arrastando as esporas. Raimundo creio que ainda trazia o chicote; não me lembra. Lembra-me que disse ali mesmo, agarrando-me nos ombros, uma multidão de coisas duras contra Bento Gonçalves, e principalmente contra os ministros, que não prestavam para nada, e deviam sair. O melhor de tudo era logo aclamar o imperador. Dessem-lhe cinquenta homens – vinte e cinco que fossem – e se ele em duas horas não pusesse o imperador no trono, e os ministros na rua, estava pronto a perder a vida e a alma. Uns lesmas! Tudo levantado, tudo, ao Norte e ao Sul... Agora parece que iam mandar tropas, falava-se no General Andréa para comandá-las. Tudo remendos. Sangue novo é que se precisava... Parola, muita parola.

Bufava o coronel; o sobrinho, para aquietá-lo, metia alguma palavra, de quando em quando, mas era o mesmo que nada, se não foi pior. Irritado com as interrupções, bradou-lhe que, se o pai fosse vivo, as coisas andariam de outro modo.

– Aquele não era paz d'alma, disse o coronel apontando para o retrato. Fosse ele vivo! Não era militar, como sabe – continuou olhando para mim –, mas era homem às direitas. Veja-me bem aqueles olhos, e diga-me se ali não há vida e força de vontade... Um pouco velhacos, é certo, acrescentou galhofeiramente.

– Tio Raimundo! suplicou Félix.

– Velhacos, repito, não digo velhacos para tratantadas, mas para amores; era maroto com as mulheres – prosseguiu rindo e esquecendo inteiramente a rebelião. Eu, quando Vossa Reverendíssima mudar de cara, e trouxer outra mais alegre, hei de contar-lhe algumas aventuras dele... Veja aqueles olhos! E não imagina como era gamenho, requebrado...

Félix saiu neste ponto; eu fui sentar-me à escrivaninha; o coronel não continuou o assunto, e foi despir-se. Não me procurou mais até a hora do jantar; naturalmente porque o sobrinho o impediu de vir perturbar-me na pesquisa dos papéis, como se eu tivesse papéis na cabeça. Maroto com as mulheres! Esta palavra retiniu ali por muito tempo. Maroto com as mulheres! Tudo se me afigurava claro e evidente.

CAPÍTULO VIII

Não podia hesitar muito. Deixei de ir três dias à Casa Velha; fui depois, e convidei o Félix a vir jantar comigo no dia seguinte. Jantamos cedo, e fomos dali ao Passeio Público, que ficava perto de minha casa. No Passeio, disse-lhe:

– Sabe que sou seu amigo?

– Sei, respondeu ele franzindo a testa.

– Não se aflija; o que lhe vou dizer é antes bem que mal. Sei que estima sua mãe; ela o merece, não só por ser mãe, como porque, se alguma coisa faz que parece contrariá-lo, não o faz senão em benefício seu e da verdade.

Félix tornou a franzir a testa.

– Adivinho que há alguma coisa difícil de dizer que me há de mortificar. Vamos, diga depressa.

– Digo já, ainda que me custe. E creia que me custa, mas é preciso: esqueça aquela moça. Não me olhe assim; imagina talvez que estou finalmente nas mãos de sua mãe.

– Imagino.

– Antes fosse isso, porque então o senhor não atenderia a um nem a outro, e casaria, se lhe conviesse.

– E por que não farei isso mesmo?

– Não pode ser; não pode casar, esqueça-a, esqueça-a de uma vez para sempre. Deus é que o não quer, Deus ou o diabo, porque a primeira ação é do diabo; mas esqueça-a inteiramente. Seu pai foi um grande culpado...

Aqui ele pediu-me, aflito, que lhe contasse tudo. Custou-me, mas revelei-lhe a confidência da mãe. A impressão foi profunda e dolorosa, mas o sentimento do pudor e da religião pôde serená-la depressa. Quis prolongar a conversação; ele não o quis, não podia, e achei natural que não pudesse; pouco falou, distraído ou absorto, e despediu-se dali a alguns minutos.

Não foi para casa, como soube depois; foi andar, andar muito, revolvendo na memória as duras palavras que lhe disse. Só entrou em casa depois de oito horas da noite, e recolheu-se ao quarto. A mãe estava aflita: pressentira a minha revelação, e receou alguma imprudência; provavelmente arrependeu-se de tudo. Certo é que, logo que soube da chegada do filho, foi ter com ele; Félix não lhe disse nada, mas a expressão do rosto mostrou a D. Antônia o estado da alma. Félix queixou-se de dor de cabeça, e ficou só.

Foi ele mesmo que me contou tudo isso, no dia seguinte, indo a minha casa. Agradeceu-me ainda uma vez, mas queixou-se do singular silêncio da mãe. Expliquei-lho, a meu modo; era natural que lhe custasse a revelação, e não fizesse antes de tentar qualquer outro meio.

– Seja como for, estou curado, disse ele. A noite fez-me bem. O sentimento que essa menina me inspirou converteu-se agora em outro, e creia que pela imaginação já me acostumei a chamá-la irmã; creia mais que acho nisto um sabor particular, talvez por ser filho único.

Apertei-lhe a mão, aprovando. Confesso que esperava menos pronta conformidade. Cuidei que tivesse de assistir a muito desespero, e até lágrimas. Tanto melhor. Ele, depois de alguns instantes, consultou-me se acharia prudente revelar tudo à moça; também eu já tinha pensado nisso, e não resolvera nada. Era difícil; mas não achava modo de não ser assim mesmo. Depois de algum exame, assentamos de não dizer nada, salvo em último caso.

Os dias que se seguiram foram naturalmente de constrangimento. Os hóspedes de D. Antônia notaram alguma coisa na família, que não era habitual; e a baronesa resolveu voltar para a fazenda, logo depois da festa da Glória. Sinhazinha é que não sei se reparou em alguma coisa; continuava a ter os mesmos modos do primeiro dia. A ideia de casá-la com o filho de D. Antônia entrou a parecer-me natural, e até indispensável. Conversei com ela; vi que era inteligente, dócil e meiga, ainda que fria; assim parecia, ao menos. Casaria com ele, ou com outro, à vontade da avó. No dia 15, devia ir Lalau para a casa, e eu, que o sabia, lá não fui, apesar do convite especial que tivera para jantar. Não fui, não tive ânimo de ver o primeiro encontro da alegria expansiva e ruidosa da moça com a frieza e o afastamento do rapaz. Deixei de lá ir cinco dias; apareci a 20 de agosto.

CAPÍTULO IX

No dia 20 achei, com efeito, tudo mudado, Lalau suspeitosa e triste, Félix retraído e seco. Este veio contar-me o que se passara, e acabou dizendo que o estado moral da menina pedia a minha intervenção. Pela sua parte não queria mudar de maneiras com ela, para não entreter um sentimento condenado; não ousava também dar-lhe notícia da situação nova. Mas eu podia fazê-lo, sem constrangimento, e com vantagem para todos.

– Não sei, disse eu depois de alguns instantes de reflexão; não sei... Sua mãe?

– Mamãe está perfeitamente bem com ela; parece até que a trata com muito mais ternura. Não lhe dizia eu? Mamãe é muito amiga dela.

– Não lhe terá dito nada?

– Creio que não.

E depois de algum silêncio:

– Nem lho diria ela mesma. Há confissões difíceis de fazer a outros, e impossíveis a ela; digo fazê-las diretamente à pessoa interessada. Vamos lá; tire-nos desta situação duvidosa.

– Bem; verei. Não afirmo nada; verei.

Estávamos na sala dos livros; Lalau apareceu à porta. Parou alguns instantes, depois veio afoitamente a mim, expansiva e ruidosa, mas de propósito, por pirraça; tanto que não me falava com a atenção em mim, mas dispersa, e olhando de modo que pudesse apanhar os gestos do rapaz. Este não dizia nada, olhava para os livros. Lalau perguntou-me o que era feito de mim, por onde tinha andado, se era ingrato para ela, se a esquecia; afirmando que também estava disposta a esquecer-me, e já tinha um padre em vista, um cônego, tabaquento, muito feio, cabeça grande. Tudo isso era dito por modo que me doía, e devia doer a ela também; certo é que ele não se demorou muito na sala; foi até a janela, por alguns instantes; depois disse-me que ia ver os cavalos e saiu.

Lalau não pôde mais conter-se; logo que ele saiu, deixou-se cair numa cadeira, ao canto da sala, e rompeu em lágrimas. A explosão atordoou-me, corri para ela, peguei-lhe nas mãos, ela pegou nas minhas, disse que era desgraçada, que ninguém mais lhe queria, que tinha padecido muito naquele dia, muito, muito... Nunca falamos do sentimento que a acabrunhava agora; mas não foi preciso começar por nenhuma confissão.

– Não compreendo nada, dizia ela; sei só que sofro, que choro, e que me vou embora. Por quê? Sabe que há?

Não lhe dei resposta.

– Ninguém sabe nada, naturalmente, continuou ela.

Quem sabe tudo já lá vai caminhando para a roça. Devia ser assim mesmo; eu não valho nada, não sou nada, não tenho avó baronesa, sou uma agregadazinha... Mas então por que enganar-me tanto tempo? Para caçoar comigo?

E chorava outra vez, por mais que eu, defronte dela, em pé, lhe dissesse que não fizesse barulho, que podiam ouvir; ela, porém, durante alguns minutos não atendia a nada. Quando cansou de chorar, e enxugou os olhos, estava realmente digna de lástima. A expressão agora era só de dor e de abatimento; desaparecera a indignação da moça obscura que se vê preterida por outra de melhor posição. Sentei-me ao lado dela, disse-lhe que era preciso ter paciência, que os desgostos eram a parte principal da vida; os prazeres eram a exceção; disse-lhe tudo o que a religião lhe poderia lembrar para obter que se resignasse. Lalau ouvia com os olhos parados, ou olhando vagamente; às vezes interrompia com um sorriso. Urgia contar-lhe tudo; mas aqui confesso que não achava palavras. Era grave a notícia; o efeito devia ser violento, porque, conquanto ela cuidasse estar abandonada por outra, a esperança lá se aninharia nalgum recanto do coração, e nada está perdido enquanto o coração espera alguma coisa. Mas a notícia da filiação era decisiva.

Não sabendo como dizê-lo, prossegui na minha exortação vaga. Ela, que a princípio ouvia sem interesse, olhou de repente para mim, e perguntou-me se realmente estava tudo perdido. Vendo que lhe não dizia nada:

– Diga, por esmola, diga tudo.

– Vamos lá, sossegue...

– Não sossego, diga.

– Enquanto não sossegar não digo nada. Escute, Deus escreve direito por linhas tortas. Quem sabe o que estaria no futuro?

– Não entendo; diga.

Em verdade, não se podia ser menos hábil, ou mais atado que eu. Não ousava dizer a coisa, e não fazia mais que aguçar o desejo de a ouvir. Lalau instou ainda comigo, pegou-me nas mãos, beijou-mas, e esse gesto fez-me mal, muito mal. Ergui-me, dei dois passos, e voltei dizendo que, não agora, por estar tão fora de si, mas depois lhe contaria tudo, tudo, que era uma coisa grave...

– Grave? Diga-me já, já.

E pegou-se a mim, que lhe dissesse tudo, jurava não contar nada a ninguém, se era preciso guardar segredo; mas não queria ignorar o que era. Não me dava tempo; se eu abria a boca para adiar, interrompia-me que não, que havia de ser logo, logo; e falava-me em nome de Deus, Nossa Senhora, e perguntava-me se era assim que dizia ser padre.

– Promete ouvir-me quieta?

– Prometo, disse ela depressa, ansiosa, pendendo-me dos olhos.

– É bem grave o que lhe vou dizer.

– Mas diga.

Peguei-lhe na mão, e levei-a para defronte do retrato do finado conselheiro. Era teatral o gesto, mas tinha a vantagem de me poupar palavras; disse-lhe simplesmente que ali estava alguém que não queria: o pai de ambos. Lalau empalideceu, fechou os olhos e ia cair; pude sustê-la a tempo.

Lalau tinha o sentimento das situações graves. Aquela era excepcional. Não me disse nada, depois da minha revelação, não me fez pergunta nenhuma; apertou-me a mão e saiu.

Dois dias depois foi para casa da tia, a pretexto de não sei que negócio da família, mas realmente era uma separação. Fui ali vê-la; achei-a abatida. A tia falou-me em particular; perguntou-me se houvera alguma coisa em casa de D. Antônia; a sobrinha, interrogada por ela, respondera que não; quis ir à Casa Velha, mas foi a própria sobrinha que a dissuadiu, ou antes que lhe impôs que não fosse.

– Não houve nada, foi a sua última palavra. O que há é que é tempo de viver em nossa casa, e não na casa dos outros. Estou moça, preciso de cuidar da minha vida.

D. Mafalda não achava própria esta razão. A sobrinha era tão amiga da Casa Velha, e a família de D. Antônia queria-lhe tanto, que não se podia explicar daquele modo uma retirada tão repentina. Nunca lhe ouvira o menor projeto a tal respeito. Acresce que, desde que viera, andava triste, muito triste...

Todas essas reflexões eram justas; entretanto, para que ela não chegasse a ir à Casa Velha, disse-lhe que a razão dada por Lalau, se não era sincera, era em todo caso boa. Pensava muito bem querendo vir para casa; eram pobres; ela devia acostumar-se à vida pobre, e não à outra, que era abundante e larga, e podia criar-lhe hábitos perigosos.

Nada lhe disse a ela mesma, nem era possível; falamos juntos os três na sala de visitas, que era também a de trabalho. Lalau procurou disfarçar a tristeza, mas a indiferença aparente não chegou a persuadir-me; concluí que o amor lhe ficara no coração, a despeito do vínculo de sangue, e tive horror à natureza. Não foi só à natureza. Continuei a aborrecer a memória do homem, causa de tal situação, de tais dores.

Na Casa Velha fui igualmente discreto. D. Antônia não me perguntou o que se passara com elas, nem com o filho, e pela minha parte não lhe disse nada. O que ela me confiou, dias depois, é que a viagem de Félix à Europa era já desnecessária; cuidava agora de casá-lo; falou-me claramente nos seus projetos relativos a Sinhazinha. Parecera-lhe a escolha excelente; eu inclinei-me, aprovando.

Passaram-se muitos dias. O meu trabalho estava no fim. Tinha visto e revisto muitos papéis, e tomara muitas notas. O coronel voltou à Corte no meado de setembro; vinha tratar de umas escrituras. Notou a diferença da casa, onde faltava a alegria da moça, e sobrava a tristeza ou alguma coisa análoga do sobrinho. Não lhe disse nada; parece que D. Antônia também não.

Félix passava uma parte do dia comigo, sempre que eu ali ia; falava-me de alguns planos relativamente a indústrias, ou mesmo a lavoura, não me lembra bem; provavelmente, era tudo misturado, nada havia nele ainda definido; lembremo-nos que já andara com ideias de ser deputado. O que ele queria agora era fazer alguma coisa que o aturdisse, que lhe tirasse a dor do recente desastre. Neste sentido, aprovava-lhe tudo.

Pareceu-me que o tempo ia fazendo algum efeito em ambos. Lalau não ria ainda, nem tinha a mesma conversação de outrora; começava a apaziguar-se. Ia ali muita vez, às tardes; ela agradecia-me evidentemente a fineza. Não só tinha afeição, como achava na minha pessoa um pedaço das outras afeições, da outra casa e do outro tempo. Demais, era-me grata, posto que o destino me tivesse feito portador de más novas, e destruidor de suas mais íntimas esperanças.

A ideia de casá-la entrou desde logo no meu espírito; e nesse sentido falei à tia, que aprovou tudo, sem adiantar mais nada. Não conhecia o Vitorino, filho do segeiro, e perguntei-lhe que tal seria para marido.

– Muito bom, disse-me ela. Rapaz sério, e tem alguma coisa por morte do pai.

– Tem alguma educação?

– Tem. O pai até queria fazê-lo doutor, mas o rapaz é que não quis; disse que se contentava com outra coisa; parece que está escrevente de cartório... escrevente não sei como se diz... mentado... paramentado...

– Juramentado.

– Isso mesmo.

– Bem, se puder falar com ela... sem dizer tudo... assim a modo de indagação...

– Verei; deixe estar...

Dias depois, D. Mafalda deu-me conta da incumbência: a sobrinha nem queria ouvir falar em casar. Achava o Vitorino muito bom noivo, mas o seu desejo era ficar solteira, trabalhar em costura, para ajudar a tia e não depender de ninguém; mas casar nunca.

Esta conversa trouxe-me a ideia de ponderar a D. Antônia que, uma vez que Lalau era filha de seu marido, ficava-lhe bem fazer uma pequena doação que a resguardaria da miséria. D. Antônia aceitou a lembrança sem hesitar. Estava tão contente com o resultado obtido, que podia fazê-lo. Confessou-me, porém, que o melhor de tudo seria, feita a doação, passados os tempos, e casado o filho, voltar a menina para a Casa Velha. Tinha grandes saudades dela; não podia viver muito tempo sem a sua companhia. Repeti a última parte a Lalau que a escutou comovida. Creio até que ia a brotar-lhe uma lágrima; mas reprimiu-a depressa, e falou de outra coisa.

Era uma terça-feira. Na quarta, devia eu ultimar os meus trabalhos na Casa Velha, e restituir os papéis, quando fiz um achado que transtornou tudo.

CAPÍTULO X

Estava recolhendo tudo, quando dei por falta de uma nota tomada naquele dia; não era fácil reproduzir a nota, pois não a havia tirado de uma só página nem de um só livro, mas de muitos livros diferentes. O caso aborreceu-me; procurei o papel atabalhoadamente; depois recomecei com cuidado. Abri os livros com que trabalhara nesse dia, um por um, mas não achava nada. Vim achar a nota, depois, ao pé da grade da janela, prestes a cair.

Entre os livros que folheei, procurando, achava-se um relatório manuscrito, que eu lera apenas em parte, não o tendo feito na que continha tão somente a transcrição de documentos públicos. Pegando no livro pela lombada, e agitando-o para fazer cair a nota, se ali estivesse, vi que efetivamente caía um papelinho.

Vinha dobrado, e vi logo que era por letra do ex-ministro. Podia ser alguma coisa interessante, para os meus fins. Era um trecho de bilhete a alguma mulher, cujo nome não estava ali, e referia-se a uma criança, com palavras de tristeza. Podiam ser outros amores; podiam ser os próprios amores da mãe de Lalau. Hesitei em guardar o papel, e cheguei a pô-lo dentro das folhas do relatório; mas tornei a tirá-lo, e guardei-o comigo.

Reli-o em casa; dizia esse trecho do bilhete, que provavelmente nunca foi acabado nem remetido:

> Tenha confiança em mim, e ouça o que lhe digo. Não faça barulho, sossegue e não fale no meu nome. Venha cá o menos que puder; e não pense mais no anjinho. Deus é bom.

Não achava nada que me explicasse coisa nenhuma; mas insisti em guardá-lo. De noite pensei que o bilhete podia relacionar-se com a família de Lalau; e, como nunca tivesse dito à tia desta o motivo que a separara da Casa Velha, resolvi pedir-lhe uma conferência, e contá-lo.

Pedi-lhe a conferência no dia seguinte, e obtive-a no outro, muito cedo, enquanto Lalau dormia. Não hesitei em ir logo ao fim. Contei-lhe tudo, menos o amor da sobrinha e do filho de D. Antônia, que ela, aliás, fingia ignorar. D. Mafalda ouviu-me pasmada, curiosa, querendo por fim que lhe dissesse se D. Antônia ficara irritada com a descoberta.

– Não, perdoou tudo.

– Então por que houve logo esta separação?

Hesitei na resposta.

– Entendo, disse ela, entendo.

Vi que sabia tudo; mas não se consternou por isso. Ao contrário, disse-me alegremente que, se não era mais que essa a causa da separação, tudo estava remediado.

– Conto-lhe tudo, disse ela no fim de alguns instantes. Não diria nada em outras circunstâncias, nem sei mesmo se diria alguma coisa a outra pessoa.

D. Mafalda confirmou os amores da cunhada; mas o ex-ministro viu-a pela primeira vez, quando eles vieram da roça, tinha Lalau três meses. Não era absolutamente o pai da menina. Compreende-se o meu alvoroço; pedi-lhe todas as circunstâncias de que se lembrasse, e ela referiu-as todas, e todas eram a confirmação da notícia que acabava de dar; datas, pessoas, acidentes, nada discordava da mesma versão. Ela própria apelou para os apontamentos da freguesia onde nascera a menina, e para as pessoas do lugar, que me diriam isto mesmo. Pela minha parte, não queria outra coisa, senão o desaparecimento do obstáculo e a felicidade das duas criaturas. De repente, lembrou-me do trecho do bilhete que tinha comigo, e disse-lhe que, em todo caso, mal se podia explicar a crença em que estava D. Antônia; havia por força uma criança.

– Houve uma criança, interrompeu-me D. Mafalda; mas essa morreu com poucos meses.

Tinha o bilhete na algibeira, tirei-o e reli-o; estas palavras confirmavam a versão da morte: "não pense mais no anjinho...".

D. Mafalda contou-me então a circunstância do nascimento da criança, que viveu apenas quatro meses; depois, referiu-me a longa história da paixão da cunhada, que ela descobriu um dia, e que a própria cunhada lhe confiou mais tarde, em ocasião de desespero.

Tudo parecia-lhe claro e definitivo; restava agora repor as coisas no estado anterior. Mas, ao pensar nisso, adverti que, transmitida esta versão a D. Antônia, ouviria as razões que ela teria para a sua, e combiná-las-ia todas. Fui à Casa Velha, e pedi a D. Antônia que me desse também uma conferência particular. Desconfiada, respondeu que sim, e foi na sala dos livros, enquanto Félix estava fora, que lhe contei o que acabava de saber.

D. Antônia escutou-me a princípio curiosa, depois ansiosa, e afinal atordoada e prostrada. Não compreendi esse efeito; acabei, disse-lhe que a Providência se encarregara de levar o fruto do pecado, e nada impedia que o casamento do filho com a moça o fizesse esquecer a todos. Mas D. Antônia, agitada, não podia responder seguidamente. Não entendendo esse estado, pedi que mo explicasse.

D. Antônia negou-me tudo a princípio, mas acabou confessando o que ninguém poderia então supor. Ela ignorava os amores do marido; inventara a filiação de Lalau, com o único fim de obstar ao casamento. Confessou tudo, francamente, alvoroçada, sem saber de si. Creio que, se repousasse por algumas horas, não me diria nada; mas apanhada de supetão, não duvidou expor os seus atos e motivos. A razão é que o golpe recebido fora profundo. Vivera na fé do amor conjugal; adorava a memória do marido, como se pode fazer a uma santa de devoção íntima. Tinha dele as maiores provas de constante fidelidade. Viúva, mãe de um homem, vivia da felicidade extinta e sobrevivente, respeitando morto o mesmo homem que amara vivo. E vai agora uma circunstância fortuita mostrar-lhe que, inventando, acertara por outro modo, e que o que ela considerava puro na terra trouxera em si uma impureza.

Logo que a primeira comoção passou, D. Antônia disse-me com muita dignidade que o passado estava passado, que se arrependia da invenção, mas enfim estava meia punida. Era preciso que o castigo fosse inteiro; e a outra parte dele não era mais que unir os dois em casamento. Opôs-se por soberba; agora, por humildade, consentia em tudo.

D. Antônia, dizendo isto, forcejava por não chorar, mas a voz trêmula indicava que as lágrimas não tardavam a vir; lágrimas de vencida, duas vezes vencida – no orgulho e no amor. Consolei-a, e pedi-lhe perdão.

– De quê? perguntou ela.

– Do que fiz. Creia que sinto o papel desastrado que o destino me confiou em tudo isto. Agora mesmo, quando vinha alegre, supondo consertar todas as coisas, conserto-as com lágrimas.

– Não há lágrima, disse D. Antônia esfregando os olhos.

Daí a nada estava tranquila, e pedia-me que acabasse tudo. Não podia mais tolerar a situação que ela mesma criara; tinha pressa de afogar na afeição sobrevivente algumas tristezas novas. Instou comigo para que fosse ter com a moça naquele mesmo dia, ou no outro, e que a trouxesse para a Casa Velha, mas depois de saber tudo; pedia também que me incumbisse de retificar a revelação feita ao filho. Ela, pela sua parte, não podia entrar em tais minúcias; eram-lhe penosas e indecentes. Esta palavra fez-me, creio eu, empalidecer; ela apressou-se em explicá-la; não me encarregava de coisa indigna, mas pouco ajustada entre um filho e sua mãe. Era só para isso.

Aceitei a explicação e a incumbência. Não me demorei muito em pôr o filho na confidência da verdade, contando-lhe os últimos incidentes, e a face nova da situação. Félix ouviu-me alvoroçado; não queria crer, inquiria uma e muitas vezes se a verdade era realmente esta ou outra, se a tia da moça não se enganara, se a nota achada... Mas eu interrompi-o confirmando tudo.

– E mamãe?

– Sua mãe?

– Naturalmente, já sabe...

Hesitei em dizer-lhe tudo o que se passara entre mim e ela; era revelar-lhe a invenção da mãe sem necessidade. Respondi-lhe que sabia tudo, porque mo dissera, que estava enganada, e estimara o desengano.

Tudo parecia caminhar para a luz, para o esquecimento, e para o amor. Após tantos desastres que este negócio me trouxera, ia enfim compor a situação, e tinha pressa de o fazer e de os deixar felizes. Restava Lalau; fui lá ter no dia seguinte.

Lalau notou a minha alegria; eu, sem saber por onde começasse, disse-lhe que efetivamente tinha uma boa notícia. Que notícia? Contei-lha com as palavras idôneas e castas que a situação exigia. Acabei, referi o que se passara com D. Antônia, o pedido desta, a esperança de todos. Ela ouviu ansiosa – a princípio, aflita – e no fim, quando soube a verdade retificada, deixou cair os olhos e não me respondeu.

– Vamos, senhora, disse-lhe; o passado está passado.

Lalau não se moveu. Como eu instasse, abanou a cabeça; instando mais, respondeu que não, que nada estava alterado, a situação era a mesma. Espantado da resposta, pedi-lhe que ma explicasse; ela pegou da minha mão, e disse-me que não a obrigasse a falar de coisas que lhe doíam.

– Que lhe doem?

– Falemos de outra coisa.

Confesso que fiquei exasperado; levantei-me, mostrei-me aborrecido e ofendido. Ela veio a mim, vivamente, pediu-me desculpa de tudo. Não tinha intenção de ofensa, não podia tê-la; só podia agradecer tudo o que fizera por ela. Sabia que a estimava muito.

– Mas não compreendo...

– Compreende, se quiser.

– Venha explicar-se com a sua velha amiga; ela lhe dirá que estimou não ser verdadeira a sua primeira suposição.

– Para ela, creio.

– E para todos.

– Para mim, não. Seja como for, não poderia casar-me com o filho do mesmo homem que envergonhou minha família... Perdão; não falemos nisto.

Olhei assombrado para ela.

– Essa palavra é de orgulho, disse-lhe no fim de alguns instantes.

– Orgulho, não; eu não sei que coisa é orgulho. Sei que nunca estimei tanto a ninguém como a minha mãe. Não lhe disse isso mesmo uma vez? Gostava muito de mamãe; era para mim na terra como Nossa Senhora no céu. E esta santa tão boa como a outra, esta santa é que... Não; perdoe-me. Orgulho? Não é orgulho; é vergonha; creia que estou muito envergonhada. Sei que era estimada na Casa Velha; e seria ali feliz, se pudesse sê-lo; mas não posso, não posso...

– Reflita um pouco.

– Está refletido.

– Reflita ainda uma noite ou duas; virei amanhã ou depois. Repare que a sua obstinação pode exprimir, relativamente à memória de sua mãe, uma censura ou uma afronta...

Lalau interrompeu-me; não censurava a mãe; amava-a tanto ou mais que dantes. E concluiu dizendo que, por favor, não falássemos mais de tal assunto. Respondi-lhe que ainda lhe falaria uma vez única; pedi-lhe que refletisse. Contei a D. Mafalda, e disse-lhe que, na minha ausência, trabalhasse no mesmo sentido que eu.

– Tudo deve voltar ao que era; eles gostam muito um do outro; D. Antônia estima-a como filha;

o passado é passado. Cuidemos agora do presente e do futuro.

Lalau não cedeu nada à tia, nem a mim. Não cedeu nada ao filho de D. Antônia, que a foi visitar, e a quem não pôde ver sem comoção, e grande; mas resistiu. Afinal, oito dias depois, D. Antônia mandou aprontar a sege, e foi buscá-la.

– Uma vez aqui, verá que arranjamos tudo, disse-lhe ela.

Entrava já no espírito de D. Antônia um pouco de amor-próprio ofendido com a recusa. Lalau parece que a princípio não a quis acompanhar; nunca soube bem deste ponto, mas é natural que fosse assim. Consentiu, finalmente, e foi por um só dia; jantou lá e voltou às ave-marias.

Voltei à casa delas, e instei novamente, ou só com ela, ou com a tia; ela mantinha-se no mesmo pé, e, para o fim, com alguma impaciência. Um dia recebi recado de D. Mafalda; corri a ver o que era, disse-me que o filho do segeiro, Vitorino, fora pedi-la em casamento, e que a moça, consultada, respondeu que sim. Soube depois que ela mesma o incitara a fazê-lo. Compreendi que tudo estava acabado. Félix padeceu muito com esta notícia; mas nada há eterno neste mundo, e ele próprio acabou casando com Sinhazinha. Se ele e Lalau foram felizes, não sei; mas foram honestos, e basta.

NOTAS BIOBIBLIOGRÁFICAS

António Feliciano de Castilho (1800-1875) foi um dos mais importantes intelectuais do romantismo português. Poeta, tradutor, historiador e educador, teve grande influência em todo o mundo lusófono. Dentre seus trabalhos destacam-se, além da sua poesia, o *Tratado de metrificação portuguesa*, de 1851, que foi a base de quase todos os trabalhos do gênero que vieram depois, e o método de alfabetização denominado *Leitura repentina: método para em poucas lições se ensinar a ler com recreação de mestres e discípulos*, de 1950. Castilho foi, por assim dizer, o chefe da escola romântica em Portugal. Em 1871, um grupo de jovens intelectuais organizou uma série de conferências para promover a nova estética realista. Esse grupo, de que faziam parte, entre outros, Eça de Queirós e Antero de Quental, ficou conhecido como Geração de 70. A afirmação da nova estética realista deu origem a uma grande polêmica, intitulada Questão Coimbrã, que se iniciou justamente com um ataque de Antero a Castilho. Por isso é interessante observar a estima que Machado tinha por Castilho, no momento em que ele critica um dos principais representantes da Geração de 70.

Joaquim Maria Machado de Assis (1839-1908) dedicou-se a praticamente todos os gêneros literários e em todos obteve posição de relevo no seu tempo. Hoje, apenas a sua poesia parece ter envelhecido, provavelmente por conta da alteração de gosto, a partir do Modernismo, que levou a uma espécie de condenação do Parnasianismo. Na crítica literária, sua proeminência é indisputada e pelo menos um seu trabalho, intitulado "Notícia da atual literatura brasileira: instinto de nacionalidade" (1973), é leitura obrigatória para quem quer que se interesse pela questão do nacionalismo literário no século XIX. Foi também autor teatral consistente e respeitado. Mas é na prosa de ficção que seu nome é sempre lembrado como um dos maiores, se não mesmo o maior, escritores brasileiros. Costuma-se dividir a sua obra ficcional em duas fases. A primeira pertenceria, pela estruturação do enredo e pela forma narrativa, ao que poderíamos denominar "realismo romântico". São elas, no gênero romance, *Ressurreição* (1872), *A mão e* *a luva* (1874), *Helena* (1876) e *Iaiá Garcia* (1878). Já a partir de *Memórias Póstumas de Brás Cubas* (1880), iniciar-se-ia uma "segunda fase", para a qual as histórias literárias não encontraram uma boa classificação nos termos usuais. Pertencem a esse momento, além das *Memórias Póstumas*, os romances *Quincas Borba* (1891), *Dom Casmurro* (1899), *Esaú e Jacó* (1904) e *Memorial de Aires* (1908). Neles, o traço distintivo são a ironia e a reflexão sobre a construção narrativa. Machado de Assis é também autor de obras-primas do conto universal, sendo mesmo difícil escolher os que merecem mais destaque numa vasta galeria do mais alto nível.

John Gledson (1945) é um estudioso inglês, cujos livros *Machado de Assis – ficção e história* (1986) e *Por um novo Machado de Assis* (2006) constituem referências importantes nos estudos machadianos. Nas suas leituras avulta o esforço de fazer corresponder as personagens e os enredos ficcionais a figuras ou momentos da história brasileira. Seu método de leitura o leva frequentemente a buscar enredos subentendidos ou possíveis, imaginando desdobramentos e situações que não constam da narrativa, mas encontram eco no que sabemos da organização e da história social do país. Nos melhores momentos, o caráter alegórico de situações e enredos se revela com nitidez; em vários outros, pode-se notar algum exagero, do qual o próprio Gledson parece ter consciência, como se percebe neste trecho de uma entrevista em que avalia o seu trabalho: "Claro que há o perigo de exagerar nesse campo e de achar que todo barbudo é Pedro II, mas, elaboradas com cuidado, com sensibilidade, com senso histórico, essas descobertas iluminam muito a obra machadiana" (*Jornal da Unicamp*, 31 de agosto de 2008).Sua aposta em que Machado tinha um projeto de representação ampla da vida brasileira no século XIX fez com que ele datasse *Casa Velha* da década de 1880 e a elevasse ao mesmo patamar das grandes obras machadianas.

José Maria de Eça de Queirós (1845-1900) é considerado um dos mais importantes escritores da língua portuguesa. Escreveu, entre outros, os romances *O Crime do Padre Amaro* (1875), *O Primo Basílio* (1878), *O Mandarim (1880)*, *A Relíquia* (1887), *Os Maias* (1888), *A Ilustre Casa de Ramires* (1900) e *A Cidade e as Serras* (1901, póstumo). Quando *O Primo Basílio* foi publicado no Brasil, o sucesso de público foi tal, que se criou, na imprensa, a expressão "basilismo", para designar a adesão do público. Ao mesmo tempo, o escândalo foi grande, a ponto de se utilizar correntemente a expressão "sórdido como uma página de Eça de Queirós". Não obstante, mesmo os adversários reconheciam as qualidades de sua prosa ágil, de sintaxe direta e moderna, inclusive na adoção de estrangeirismos. Na crítica especializada, o texto de Machado de Assis, publicado no jornal católico *O Cruzeiro*, foi o mais severo. Para ele, as personagens do romance queirosiano não agiam movidas por impulsos morais ou constrangimentos sociais; o próprio enredo lhe parecia montado sobre uma série de acidentes, de casualidades. Na época da publicação de *O Primo Basílio*, "realista" e "naturalista" eram tomados como sinônimos. Embora seja tido como representante português do Naturalismo – e assim Machado de Assis o tenha visto –, a verdade é que é bastante notável, já no segundo romance de Eça, *O Primo Basílio*, um afastamento dos dogmas da escola, em favor do que hoje denominamos "Impressionismo".

Lúcia Miguel-Pereira (1901-1959). Embora sua vida tenha sido violentamente abreviada num célebre desastre aéreo, em que colidiram um avião de passageiros e um da Força Aérea, deixou uma obra de grande importância no domínio da crítica e da história literária. Quis o destino que, por disposição testamentária, todo o material que ela deixou inédito fosse incinerado, porque a autora condicionou a sua publicação à aprovação do marido, que com ela faleceu no acidente. Mesmo assim, o que dela nos ficou a situa nos estratos mais altos da intelectualidade brasileira do seu tempo. Além de romances e livros infantis, Lúcia Miguel-Pereira publicou dois trabalhos que são ainda hoje referência indispensável: *Machado de Assis (Estudo Crítico-biográfico)*, de 1936, e *Prosa de ficção (de 1870 a 1920)*, de 1950. Foi Lúcia Miguel-Pereira quem "descobriu" o texto de *Casa Velha* na revista *A Estação* e o publicou em volume. Como se vê na apresentação deste livro, seus argumentos sobre a datação do texto e sobre os motivos de Machado de Assis não ter publicado a novela em volume parecem os mais consistentes.

Título	Casa Velha
Autor	Machado de Assis
Apresentação e notas	Paulo Franchetti
Coordenador editorial	Ricardo Lima
Secretário gráfico	Ednilson Tristão
Pré-preparação de originais	Ana Carolina dos Santos Pereira
Preparação dos originais e revisão	Lúcia Helena Lahoz Morelli
Editoração eletrônica	Silvia Helena P. C. Gonçalves
Design de capa	Ana Basaglia
Formato	10,5 x 18 cm
Papel	Avena 80 g/m^2 – miolo Cartão supremo 250 g/m^2 – capa
Tipologia	Minion Pro
Número de páginas	152

ESTA OBRA FOI IMPRESSA NA GRÁFICA COPIART
PARA A EDITORA DA UNICAMP EM JUNHO DE 2023.